@小說

青春・愛情・物語

看得見謊言的我，愛上了不說謊的妳

嘘が見える僕は、素直な君に恋をした

櫻井美奈——著
林于楟——譯

usogamieru
bokuha
sunaonakimini
koiwoshita

CONTENTS

序章

我第一次發現「那個」，是四歲時的事。

當然在那天前，我或許曾看過，但這之前的我年紀太小，根本無法區分自己眼中的世界到底是不是真實。

但在四歲的某天，我明確分辨出「那個」了。

在購物中心的玩具賣場中，我纏著母親買什麼東西給我。已經不記得到底想要什麼了，但總之，我非常想要玩具，根本不願意離開賣場。大概還躺在地上，胡亂拍打手腳吧。

和母親重複著「要買」、「不可以買」的爭執一陣子後，母親被我搞得不耐煩，對我說：「今天沒帶錢，下次再買。」在此之前也發生過許多次相同事情，平常聽到這句話，我應該都會答應說好吧。

但這天不同。

「今天沒有帶錢出來，下次再買。」

母親說完這句話後，身體包覆在耀眼光芒下。如果要比喻，就如同水面反射的太陽光一般，無比炫目。

我想著「這是什麼啊？」那光芒稍縱即逝，我以為是我看錯了。

但之後，我又看見「那個」好多次。討著要吃家裡的零食，聽到「已經沒有了」時，週六拜託爸爸帶我去兒童館，爸爸用「今天是休館日」拒絕我時。

我之後才知道，兒童館的休館日是週一。

我不只在父母身上看過「那個」，也在同一間幼稚園裡，和我最要好的阿良身上看過。

像是交換玩具、約定要去玩之類的，回頭想想都是微不足道的小事，但我曾看過好幾次那種光芒。

不可思議的是，我只能在特定人物身上看到那種光芒。我從沒在路上的行人、家裡附近認識的人身上看過。

所以，我知道了自己只能從特別的人身上看見「那個」。

對我來說特別的人。

我的世界還很狹隘，雖然還只有父母、阿良，以及也是同一間幼稚園的小光，但我從他們身上看過無數次炫目光芒。

小學二年級時，我知道了光芒的意義。彷彿將散亂的拼圖拼湊起來，某天，到那天為止發生的事情，在我的腦海中全部串起來了。

知道光芒的意義後，原本覺得閃閃發亮很美的「那個」，讓我即使在仲夏，也感到背脊發寒般的寒冷。

為什麼「那個」看起來這麼美呢？

要是再更灰暗一點，醜到讓人想要別開眼，就能讓我多少獲得一點救贖啊。

但是，我既無法讓自己不看見，也沒辦法令其變得醜陋。

所以，我決定去做我能做的事。

——絕不喜歡上任何人。

第一章　喵喵與海苔　妳與巧克力

高中第二次的春天，從溫暖的日子揭開序幕。

學年從一年級升上二年級，教室從三樓搬到二樓，班級從六班變成八班，再來就是社會組科目變少，自然組科目變多了而已吧，變化不怎麼大。

所以我只是靜靜呼吸，努力讓這淡薄的變化，別變得濃厚。

「都到齊了吧。」

用力拉開教室門走進來的人，是今年的班導吉樂老師。因為早在開學典禮上宣布了，他也是我一年級的數學老師，所以我早就知道他的聲音和體型都很巨大。

明明不是理化老師，卻總是穿著白袍，去年有人說過，那是他要遮住自己微凸的肚子，要不然就是不想穿鬆垮垮的運動外套。我想，應該兩者皆是吧。

早已想像吉樂老師會用這種方法進教室，卻有個意料之外的事情。老師後面跟著一個，身穿未曾見過的制服的嬌小女孩。

——那是誰啊？

老師對著那個女孩說：

「真是的，從來沒聽過有人轉學第一天就遲到，本來就已經夠醒目了耶。」

「對不起，我迷路了。」

「總之，先自我介紹吧。」

吉樂老師胡來的要求讓她睜大原本已經夠大的眼睛說：

「什麼？不是老師會幫我介紹嗎？」

「妳都已經醒目到這種程度了，還說什麼啊。這是懲罰妳遲到，拿去，在黑板上寫名字！夠像轉學生了吧！」

老師朝她扔了白粉筆。

她慌慌張張叫著「欸、啊、哇」，接住白粉筆。她緊緊盯著白粉筆看，讓人以為她想用念動力飄浮白粉筆。

班上所有人的視線，全集中在轉學生的舉止上。

她用力上下聳動肩膀，重新振作精神後，拿起白粉筆滑過黑板。

有點方正卻相當漂亮的字，不大也不小。她用連坐最後一排的我也能清楚看見的尺寸，寫出自己的名字。

「大家好，我叫二葉晴夏，剛從靜岡搬過來。我還不清楚這個城市有些什麼，還請大家告訴我，請大家多多指教。」

她用力一鞠躬，用力到讓人以為她要甩動那頭稍微過肩的長髮。

就算遲到、在眾人矚目中自我介紹、身穿和大家不同，大概是前一間學校的制服，她也毫不慌張，她——二葉晴夏落落大方。

「那二葉就……喂，你們這些傢伙，我不是有排座位，現在是怎麼一回事？」

我的座位應該是中央前面算來第二排，但實際上，我現在坐在窗邊最後一個位置上。

坐教室中央的女生揮手喊著：「吉吉，大家都不想要遵守啊。」

「別叫我吉吉，而且最起碼一開始給我遵守一下啊。」

「這種事情，一開始最重要啊！吉吉去年不也這樣對我們說了嗎？」

「我那是在說念書！而且完全相反，重要的是要遵守！真是的，沒想到菅野今年也在我班上，早知道就把妳抽掉了。」

老師戲劇性地搖頭嘆氣，名叫菅野的女生也笑著說：「好過分喔～～」

認識吉樂老師的學生、不認識吉樂老師的學生全都滿臉笑容，二葉晴夏也笑了。沒笑的大概只有我了吧，反正我根本不想要融入大家，仍舊靜靜呼吸，看著這幅光景。

只不過，我有個不好的預感。

因為教室裡的空位，就只剩我前面這一個了。

我念的學校，根據身為畢業生的母親說，二、三十年前的學生人數比現在更多。但現在沒以前多，「因為少子化啊」，聽到父母這樣說，身為獨生子的我，總煩惱著不知該怎麼回答。但是，少子化也是事實吧。

學生減少後，學校教室多到用不完，已經老朽的大樓被丟著不管，多到就算有不認識的人住進去，應該也沒人會發現吧。

有別於上課的校舍，前幾年還被拿來當社團教室或是合宿時使用的大樓，也還留在原地。現在外面拉上「禁止進入」的封鎖線，旁邊高過我膝蓋的雜草叢生，根本沒有學生會靠近。

大樓的門和窗戶當然都有上鎖，根本進不去，但大樓有室外樓梯，所以可以走樓梯上屋頂。室外樓梯的入口當然也有拉上封鎖線，但要跨過去並不難。

所以在去年，入學兩個月後發現這裡以來，屋頂就成了我愛待的地方了。

沒有維修的室外樓梯雖然生鏽，卻沒有老舊到腐朽。只要上到屋頂，輕撫河面的冷風，就在那裡迎接我。

圍上一圈欄杆的屋頂，面積和教室差不多，多虧屋頂上有被棄置的鋼製置物櫃，能為我遮掩來自校舍的視線。

我環抱膝蓋，靠在置物櫃上。

「好累……」

轉學生的制服就在面前，她的背影不管怎樣都會映入我的眼中。就算知道她投射的好奇視線不是在看我，還是讓我不自在。

從屋頂上，可以清楚看見流過附近的河川。雖說是河川，也不是會寫在課本上的大型河川，又大到不適合叫小河流。

河面反射太陽光後，夏天刺眼閃耀、秋天閃閃發亮、冬天潺潺流動，而現在，春天果然是閃閃發亮。

「——咦？」

到剛剛都還在我眼前的制服——二葉晴夏走在河堤上……才這樣想著，她突然停下腳步。

她從制服口袋中拿出什麼東西盯著看，紅繩？看不太清楚。

她在那邊幹嘛啊？

快一點走開，趕快離開我的視線。

「快動。」我在心中用力想著。

此時，一陣風咻地吹過。

「動了……」

嚇我一跳。但我當然沒有隨心所欲操控他人的能力，也不是因為她開始走動而嚇到。我之所以嚇到，是因為她突然從河堤往下衝。

她舉高右手，追著剛剛還在她手中的紅色物品。

跑下河堤，穿過狹窄的河岸後，馬上就是河川了。

在她的腳只剩幾步就要踏入水中時，我忍不住大喊：

「別走進去！」

但她聽不到我的聲音，仍繼續靠近河川。

原本打算再喊一次，但我立刻察覺根本沒用。

從屋頂上喊，她根本聽不到。

我急忙衝下樓梯，在雜草中奔跑，穿越學校腹地後，腳步踉蹌地衝過河堤。

她到底知道不知道現在幾月啊？

到上個月都還在下雪耶。

我一邊在心中大喊，一邊用幾乎是自我最佳成績的速度奔跑。

我跑到河岸時，二葉晴夏早已走到河川中央附近，膝蓋以下都泡在水中了。

「別再往前走了！」

「別擔心，我只是要走到對岸而已。」

「不行，現在馬上回頭。」

「但是那邊……」

她指著對岸，生長在那邊的小樹樹枝伸到河面上，紅色緞帶就卡在上面。

「別管那種東西了！」

「但是，明天之後要──嗚哇！」

「危險！」

看見她腳下一滑，我反射性走進水中。

千鈞一髮之際，我抓住了她的手。

「趕快上岸！」

「但是……」

二葉晴夏似乎還很在意緞帶，不時轉過頭去看。

明明身體很冷，我卻一股熱血往腦袋上衝。

「現在還在意緞帶幹嘛啊！這條河可是比外表還要危險耶。」

「什麼？」

「剛剛要是一個不小心，妳可能就被河水沖走了耶。這裡以前可是發生過意外啊。」

「……騙人。」

「我才不會騙人。」

「我、我不是在質疑你啦……但是。」

「總之先上岸吧。」

這種季節要玩水還太早，從腳底冷到全身，身體不停發顫。

再怎麼樣，她也不再反抗了。

走上河岸後，她跪在地上，表情茫然。

「曾經……發生意外嗎？」

「去年夏天，連警車和救護車都出動了。」

據說是小學生們暑假跑出來玩時發生的事情。我也只是從新聞報導中得知，但聽學校長期任教的老師說，這條河已經不是第一次發生意外了。

小小的河川，乍看之下很適合遊玩，但它不如外表平穩，有些地方會突然變很深，水流變很快。

二葉晴夏刷白一張臉。我不知道那是因為寒冷還是因為害怕，她雙手環抱著自己的身體。

「我不知道……」

「我想也是。」

要是連來學校都會迷路的人知道這件事，我才會嚇到。

「啊，但是，緞帶……老師剛剛才給我而已。學校制服預計今天會寄到我家，所以我明天開始得穿這裡的制服上學。但是緞帶只能在學校裡買，所以那個……」

她相當慌張說著，我已經知道她想要說什麼了。

我知道這些事的答案。

想去對岸，只要沿著河岸往前走就可以過橋，制服緞帶去學校合作社就能買到。

但那和我沒關係，所以我不打算告訴她。

我轉向校舍，邊抵抗著含水褲子的沉重，跨出腳步。

「那個……你是和我同班的……？」

大概是記得我的臉吧，但看她的樣子，她似乎不太確定。

我也沒打算回答她，所以沒有回頭。

櫻花季要玩水還太早。

一回到家，我立刻把制服丟進洗衣機，邊發抖邊走進浴室。

冷到刺痛的腳淋上熱水後，慢慢回溫。熱水從頭淋下，我邊沐浴在水中邊脫口而出：

「……糟透了。」

明明只有開學典禮和班會時間而已，卻比平常累上兩倍。

全都是二葉晴夏的錯。

放著不管就好了……雖然這樣想，但一想到要是有個萬一，就沒辦法不去救她。想到明天之後的事情，就讓我心情沉重。

幫了人家又丟著不管，而且還是才剛搬來的轉學生。

如果被別人知道，或許會有人說我很不親切吧。擅自批評我也就算了，要是一群女生跑來責問我，沒有比這更麻煩的事了。

但在淋著熱水澡時，我也漸漸看開了，橋到船頭自然直啦。

短時間內，可能會被說東說西吧，但只要我不說話，他們就會立刻離開。一直以來，我都是這樣度過的。

沖了個要被說浪費資源的熱水澡後，走進廚房打開冰箱，裡面有母親補充的食材。

「雞肉、番茄，和鴻喜菇啊……」

做番茄燉雞肉，或是用胡椒、鹽巴調味後拿去煎吧。用雞肉油脂炒鴻喜菇後，再把番茄切好，擺在一旁，也算是一道晚餐了吧。

忙於工作的父母回家時間都很晚，早上行動的時間也都不同，所以我們家三個人幾乎不會一起吃飯，這種生活已經持續三、四年了。

父親的工作本來就常加班和出差，從孩提時期起，我就沒有什麼和他一起相處的記憶。母親在我小的時候還有控制工作量，但加班時間逐漸增多，現在已經變得和父親差不多忙碌。

小學六年級時，母親問我：

「媽媽接下來可以增加工作時間嗎？」

我回答「當然可以」，倒不如說，我希望母親可以這樣做。

雖然父親反對，但自從下個月開始，母親的回家時間變晚了。

我從冰箱裡拿出蘋果汁。

「喵～～」

大概是聽見聲音，喵喵走到我腳邊來。

喵喵是我們家養的貓。

聽到的人幾乎都會說這個名字「也太偷懶了吧」，我不否認。

因為我第一次對喵喵說話時，牠確實回我「喵～～」。現在雖然變得無法無天，但牠當時小到我覺得光抱著都會弄壞牠，細聲「喵～～」叫。

喵喵整個肚子貼在我腳上，這是牠討飯吃的姿勢。

「才下午五點耶，要吃晚餐還太早喔。」

「喵～～」

我覺得喵喵知道我在說什麼。

因為這和牠討飯吃，我回牠「等等」時的高聲喵叫不同，當然是感到不滿的「喵～～」。

我一說完「你啊，只要稍微不小心就會吃太多吧」，喵喵便心不甘情不願地離開我的腳。

像在表示「不給我飯吃，你就對我沒用處了」，立刻離開廚房。

身長五十公分，體重五公斤左右的喵喵才剛離開，我便感覺此處的溫度正在立刻下降。

「……真拿你沒辦法。」

我打開放罐頭和乾飼料的櫃子，掀開平坦的蓋子，從裡面拿出一片。

喵喵又跑到我腳上來了，這次大概是聽見我打開櫃子的聲音吧。

「只能吃一片喔。」

——我知道啦。

大概想這樣說吧，喵喵叫一聲後，咬住海苔。

「奇怪的貓。」

喵喵動動耳朵，但牠現在沒時間反駁我，大口大口忙著吃海苔。

我蹲下身，看著喵喵的眼睛。

但喵喵沒有看我，還是專心吃海苔。

牠總是這樣，我不在意地繼續對牠說話：

「欸，不過只是個緞帶，會有人為了那東西在這種季節跑進河裡嗎？而且還穿著制服耶……但那是之前學校的制服，可能已經不需要了吧，就算是那樣，應該可以想像河水很冷吧。」

嚼嚼。

「還是在追著被風吹跑的緞帶時，不小心跑進河川裡了呢？」

嚼嚼。

「她說早上去學校時迷路了，那回家……」

不是寒冬應該沒有關係吧，但她的裙子濕了，鞋子當然也濕了。

我家到學校還算近，就算如此，我還是很冷、很難走，但她家……

一想到她該不會又迷路吧，就有點擔心。

「接下來該怎麼辦呢。」

「喵～～」

「你只有在這種時候會回我啊。」

喵喵伸出舌頭，舔舔嘴巴。

「你說我不好嗎？」

喵喵沒有回答。不僅如此，一吃完立刻走出廚房，這是因為牠知道我只會給牠一片海苔。

「無情的傢伙。」

喵喵一離開後，果然變冷了。

「……來煮晚餐吧。」

雖然時間還早，反正只有我一個人，不管什麼時候吃都不會有人念。

我從冰箱裡拿出雞肉、番茄和鴻喜菇。

我不討厭做菜。

要是接下來也得一直做一人份料理，讓我慶幸不討厭做菜真是太好了。

坐在自己的位置上，從書包裡拿出課本時，教室出現一陣騷動。抬起頭，穿著新制服的二葉晴夏正要步入教室。

她站在門旁，忐忑不安地四處張望。

該不會是在找我吧？

雖然覺得自我意識過剩，不希望她提及昨天那件事的我，走到後方的個人置物櫃，背對過她。

裝作整理物品一段時間後，慢慢轉過頭。她被其他女生圍著，像在說些什麼。

我趁這個機會回到自己座位。

和大家穿著相同制服的二葉晴夏，感覺比昨天更融入大家。雖然不太能用話語形容，但我覺得只有她和大家有點不同。

明明張大嘴巴、出聲大笑、拿出智慧型手機交換聯絡方法的樣子全都一樣，就只有她清晰可見。

大概因為只有她穿著全新的制服，和周遭有點格格不入吧。

思考一陣子後也找不出答案，我打開數學課本。

在教室時，我幾乎總是在念書。我沒特別喜歡念書，要論喜歡或討厭，我討厭念書。

但只要看著課本，就不會有人來搭話，只要有一定的好成績，老師和父母也不會過度干涉。這麼一想，念書也不差。

好幾個腳步聲走近，人影倒映在我的桌上。

我沒抬起頭，只是移動眼球確認狀況，看見剛剛還在和二葉晴夏說話的女生們圍在她的座位旁。雖然她們說話很吵，也因為這樣，二葉晴夏沒有注意到我。

我的頭低得更低了，即使如此，說話聲還是會傳進我的耳中。

「晴夏，妳的緞帶怎麼了？昨天吉吉有拿給妳吧？」

不過才一天，稱呼就從「二葉同學」變成「晴夏」了。女生像是輕輕一跨，就飛越了聳立在姓氏和名字間，比十層高樓還高的高牆。

「緞帶……那個，昨天老師給我後，我就弄丟了。」

「什麼～～昨天才拿到耶？晴夏該不會少根筋吧？感覺妳乍看之下很能幹耶。」

「要是能幹，就不會迷路了吧。」

「妳說的對～～哎呀，緞帶去合作社就能買到，妳知道合作社在哪裡嗎？」

「不知道，我只知道體育館和教室而已。」

「那等一下帶妳去參觀吧，然後順便去買。我的筆記本也快寫完了，也想順便去買。」

「謝謝。」

「不用謝啦。要是忘記一、兩次還能矇混過去，如果一直不綁緞帶，可是會被警告的耶。」

「就是說啊，這種土死人的緞帶，要是沒了才好啊。不覺得這很像國中生嗎？」

「對、對，又不是昭和年代了，真希望他們也差不多該重新設計制服了吧。這與其說緞帶，就只是條繩子啊。」

「我懂～～而且現在這種時代，還穿過膝深藍百褶裙的，只有這間學校了吧？晴夏昨天穿的那件制服，就很棒啊～～超級可愛。英格蘭裙上還有淡粉紅色的線條對不對？」

──記得還真清楚啊……

跑進耳中的對話，令我背脊發涼。

制服這種東西，就算有點不同，也不會有太大差別吧。

我根本無法理解女生對制服的堅持。

「制服這麼土，晴夏應該也覺得不喜歡吧？」

「不會啊，我也喜歡這個，覺得兩種都能穿到真是太幸運了。」

「欸～～這種制服耶？明明一點也不可愛耶？」

「雖然設計古典，但我很喜歡喔，媽媽高中時期的照片上，就穿著和這個類似的制服。大概因為這樣，今天換上這身制服時，我爸媽異常地興奮呢。」

「那什麼啊，媽媽也就算了，連妳爸也跟著興奮嗎？」

「不覺得有點危險嗎？」

「太噁了吧，要是自己父親對女兒的制服裝扮興奮的話。」

「倒退三尺，肯定會倒退三尺。」

二葉晴夏開口阻止毫無節制亂說話的女生們：

「不是那樣啦，我爸媽從高中就開始交往，我爸大概只是想到我媽年輕時的樣子啦。因為他看著我說：『跟媽媽一模一樣呢。』」

「啊～～原來如此，一大早就在小孩面前曬恩愛啊～～」

女生們開心的「哇～～」、「呀～～」聲太吵，我完全讀不進問題。

正當我站起身想換個地方時，放在課本上的銀色自動鉛筆掉到地上。

「啊……」

二葉晴夏立刻撿起來。

「給你……咦？是昨天的？」

我避免和她對上眼，接過自動鉛筆。雖然打算直接走出教室，但其中一個女生沒放過那短短幾個字。

「昨天怎麼了嗎？」

「發生什麼事了？」

「藤倉對妳做什麼了嗎？」

「不是，不是妳們想的那樣……」

別和我說話，別靠近我。

但我的願望沒有實現，二葉晴夏追上我。

「你是昨天幫我的人對不對？果然和我同班啊。」

「幫妳？藤倉嗎？」

「沒事吧？」

「晴夏，發生什麼事了？」

「全部說出來啦。」

在我面前，關於我的對話，如傳話遊戲般接續下去。但那種事，我已經有某種程度覺悟了。

因為二葉晴夏身邊，有兩個一年級時和我同班的女生。

我從入學典禮以來，就不和任何人說話，運動會和文化祭等學校活動也不怎麼參加，所以我知道，她們覺得我是「總是心情不好，不和大家交往，不知該怎麼對待的傢伙」。

昨天果然不去幫她才正確。

我瞪了二葉晴夏一眼。

——那什麼啊，真讓人不爽。

去年和我同班的女生的聲音，刺在我背上。

即使如此，我也不打算反駁，打算直接走出教室時，在門口附近被拉住外套衣角。

「昨天真的很謝謝你，不好意思，我沒有好好道謝。」

「放開。」

「——欸？」

「外套。」

「對、對不起。」

二葉晴夏低頭道歉後，和她在一起的其中一個女生，拉了她的手。

「晴夏！班會時間就快要開始了喔。」

「唔、嗯，但是……」

「別理藤倉啦，那傢伙幾乎不講話。只要靠近他，不管是誰他都會瞪人，超級討人厭的啦。」

非常正確，別靠近我比較好。

走出教室，我往在走廊奔跑的人反方向前進。

我要蹺掉第一堂課。晚一點應該會被老師叫去訓話吧，但我現在不想要回教室。

現在，只想一個人靜一靜。

外出包裡傳來不悅的嗚叫聲，和爪子扒抓包包的聲音。

「哎呀，知道了啦，你稍微乖一點啦。」

這種時候，不管我再怎麼說，喵喵都不願意乖一點。

喵喵討厭外出包，要把牠裝進包包裡已經夠辛苦了，裝進去之後又是另一種辛苦。牠平常幾乎不會躁動，但只要一裝進包包裡，就會鬧到讓人以為要世界末日了。

「沒有辦法嘛，要打預防針啊。」

「嗚喵～～嗚喵～～」

牠也討厭打針。討厭的事情交疊，讓牠相當不悅。叫聲和磨爪聲都相當大聲。

「啊～～好啦，好啦，我知道了啦，去買你喜歡的東西啦。」

「嗚喵～～」

我只好放棄直接回家，往商店街走去。

我住的城市並不大，生鮮超市和商店街就在徒步可達的範圍內。郊外有更大型的購物商場，去那邊就需要搭公車或是開車。

推開商店街旁邊的寵物店。

門上的鈴鐺「叮鈴」響起。

一看見我，收銀櫃檯內的半老女性露出笑容：

「歡迎光臨，小喵喵、阿聖。」

這家店的店長水野阿姨，大概覺得那才是禮儀吧，她總是在喊我前先喊喵喵。

一眼就可以看出店裡沒有其他客人，這家小小的店，聽說自從十年前左右，水野阿姨的先生因病過世後，她就把規模縮小到自己能應付的程度。

店裡角落擺著貓咪能玩耍的貓跳臺，有些貓咪不喜歡陌生場所，但喵喵別說不在意了，簡直在說「終於解脫了」，我才一打開門，牠立刻衝出外出包。

「哎呀～～長大了呢～～」

水野阿姨湊近喵喵，之所以沒有抱起牠，是因為喵喵玩得太開心了。

「體重沒有變喔，剛剛才在醫院裡量完。」

「我是說你啦。」

水野阿姨擺出孩子惡作劇時會有的表情。

「高中生活開心嗎？」

「還好，和去年差不多。」

「根本算不上答案啊。如果你說不開心，我也不是不能理解。但是，你的狀況，應該是你自己努力不產生變化吧？」

水野阿姨偶爾會說出像看穿我心思的話，我有點不擅長和她相處。

「……我只是覺得現在這樣很好。」

「有時就算你希望維持現狀，也可能無從抵抗起。說『命運』，或許你會覺得太嚴重，就是種流向改變的感覺吧。」

從開始養喵喵之後，就承蒙她諸多關照，我知道水野阿姨人不壞，是個喜歡照顧人的好人。

但是，我很害怕她再更進一步跨進來，所以我沒有反駁，選擇立刻結束這個話題。

「我會努力。」

大概是很滿意我的回答吧，水野阿姨沒繼續說下去，她走向寵物食品的商品區，問我：「和平常一樣嗎？」

「對，請給我三袋。」

「哎呀，今天比平常多呢……看來，是去打預防針了吧。」

真是的，這個人連小細節都記得一清二楚。我以前大概曾經說過，帶喵喵去打預防針時，都會多買一些餅乾吧。但就連說過這種話的我，都已經忘記了。

她肯定連我上一次什麼時候來的都記得吧。

「打針時，小喵喵有乖乖的嗎？」

「令人意外的乖，我想牠大概學到了，就算亂動也無法逃跑。連打完針後生氣一下就可以得到獎賞也學會了。」

水野阿姨噗哧一笑。

「是啊，小喵喵這麼聰明，感覺就是會這樣呢。」

在櫃檯結帳後，接過餅乾。我曾經吃過一次貓咪吃的餅乾，味道很淡，一點也不好吃，但喵喵吃得很開心。這個部分，讓我覺得牠果然還是隻貓。

我走近貓跳臺，感覺喵喵看著我手上的餅乾。不知道牠是想表示「現在馬上給我餅乾吃」還是想表示「我不想要進去外出包」……

「不回家就不給你吃。」

「喵～～」

現在馬上給我吃。

但只有這點做不到。有次在放進外出包前先給牠吃餅乾，大概是晃到暈了吧，牠竟然在外出包裡吐了。

在那之後，要把喵喵放進外出包就是個大工程。明明知道是大工程，別把牠放出來就好了，雖然這樣想，又覺得牠被關在那麼狹小的地方很可憐，結果又重複著相同的動作。

上一次是趁著水野阿姨拿玩具吸引牠的注意力時，我把牠抱起來放進包包裡，雖然不知道相同方法還有沒有效，但這次也只能試試看。

門上的鈴聲響起。

我和水野阿姨同時看向大門。

「歡迎光臨。」

「——啊。」

我才想要轉過頭，但晚了一步。

「藤倉同學……」

「哎呀哎呀，你們是朋友嗎？」

水野阿姨交互看著我和二葉晴夏的臉。

大概是在教室裡曾發生過那種事，她不知所措地露出曖昧的笑容。

看見我也沉默，水野阿姨瞇彎了眼說著：「該不會是……」她已經想歪了。

二葉晴夏慌慌張張說：「我們是同學。」我也跟著點頭。

「這樣啊，和阿聖同一間學校啊，雖然我們這裡歡迎所有人，既然這樣，就更歡迎妳了。只是間小店，妳就慢慢看吧。」

對水野阿姨來說，「情人」和「同學」似乎沒有太大差別，帶著二葉晴夏參觀店裡。

但這間店真的很小，一下就逛完了。水野阿姨拉著她到貓跳臺旁：

「這隻是阿聖的貓。」

「哇，好可愛喔！」

「對吧，牠叫小喵喵，但已經是大叔，不能加『小』了，都九歲了呢。」

「貓咪不管到幾歲都很可愛，所以加『小』也沒關係。這樣啊，你叫作小喵喵啊，請多指教喔。」

蹲下身體的二葉晴夏和喵喵的視線等高，雖然她上半身穿著厚重的連帽外套，但露在牛仔短褲外，光裸的腳對我的眼睛很不好。

她溫柔撫摸著喵喵的脖子，喵喵舒服地瞇上眼睛。

上一秒明明還瞪著我，現在彷彿表示著「這就是我平常的樣子啊，你有意見嗎？」般地裝模作樣。

「嗯～～很可愛，好乖喔。」

「因為摸的人是可愛女生啊，小喵喵肯定也很開心吧？」

還真對不起啊，飼主是個彆扭又不可愛的男生。

「才沒有，因為小喵喵是好孩子啦。」

把身為飼主的我晾在一邊，她們逕自聊著喵喵。

「藤倉同學家裡只有養小喵喵一隻嗎？」

雖然在意學校裡發生的事情，但在水野阿姨面前，我也不能不理她。

「……是。」

「我們家也有養一隻，你知道布偶貓嗎？」

我點點頭。

布偶貓是一種皮毛鬆軟，像布偶一樣的貓咪。但我只看過照片，沒有實際摸過。

「這家店裡沒有布偶貓吧。」

二葉晴夏四處張望，歪著頭：

「與其說沒有布偶貓，倒不如說……」

「對，沒有任何生物。」

「明明就是寵物店啊。」

我忍不住插嘴後，水野食指擺在嘴唇上說：

「噓，這不可以提啦。」

「是事實啊，這家店裡一隻生物也沒有。」

「因為我討厭啊，放在店裡，就有種等人買的感覺。每天照顧牠們，也會產生感情不想放手。當然，我先生還活著時，店裡也有好幾隻。但我一個人照顧太辛苦，所以就放棄了。如果有想要養貓、養狗的人，我也會幫忙和有交情的繁殖者聯絡，協助配對。會幫到大家找到喜歡的孩子為止，雖然很費工夫，這種做法似乎比較適合我。」

「那不是費工夫，而是為了找到新家人的時間。」

二葉晴夏眼睛閃閃發亮說出這種令人害羞的臺詞，看她的表情，就知道她很認真，讓我覺得更害羞了。但水野阿姨邊「嗯、嗯」地點頭，邊握住她的手。

「妳能懂我呢，就是這樣，是要迎接新的家人啊，隨隨便便就解決可不行吶。」

「沒錯！我在遇見鈴乃介之前——啊，鈴乃介是鈴鐺的鈴，乃木坂的乃，加上介紹的介。在遇見鈴乃介之前，我也花了半年的時間。但那一點也不痛苦，看見牠的那一瞬間，我感到了命運的邂逅，覺得這樣做真是太好了。」

「沒錯！就是這樣，妳，欸……」

「我叫二葉晴夏。」

「好棒的名字啊，真的就像妳說的一樣。」

把聊得起勁的兩人擺一邊去，我開始準備回家。

我打算要把喵喵放回外出包裡，打開門對牠招手，但牠扭向一邊。

「我要丟下你了喔。」

「哎呀，阿聖，不可以說那種話，小喵喵會難過耶。」

喵喵才不是那種值得誇讚的貓呢。牠現在也在水野阿姨看不見的地方，小小吐舌，像在表達「哼！」

這樣一來，只能靠蠻力了，我的手上臉上都會留下抓傷吧，但只能忍耐。

當我伸出手時，二葉晴夏拿著玩具開始在喵喵面前晃動。

「看這邊。」

喵喵一臉陶醉應該……不是我的錯覺。

那張鬆懈的臉孔，在水野阿姨面前也不曾出現過啊。

二葉晴夏小聲對我說：「趁現在。」

「什麼？」

「因為小喵喵現在在跟我玩。」

有養貓的她，這麼擅長對付貓咪也是理所當然吧。

但是，在學校裡才發生過那種事，我沒想到她竟然會幫我。

「阿聖，要是錯過機會，會更辛苦喔。」

水野阿姨也催促我，我繞到喵喵身後，悄悄把外出包拉近，迅速抱起喵喵。

「嗚喵！」

喵喵生氣大叫之時，牠已經在外出包裡了。

裡頭傳來爪子亂抓的聲音，還叫個不停。

我也覺得這樣很可憐，但從這邊走回家要二十分鐘，我沒自信可以一路抱著牠回家。

向兩人道謝後，我走出寵物店，二葉晴夏似乎還要留在店裡。

走到外面時，明明早就過傍晚六點了，天空還淡淡亮著。

喵喵大概也放棄了吧，比剛剛安靜多了。

「藤倉同學，等我一下！」

二葉晴夏氣喘吁吁地跑過來，在我面前停下腳步，「哈」地用力吸一口氣。

「到店裡問完後，阿姨要我來問你。」

「什麼？」

「醫院，你去哪間醫院啊？」

「什麼？」

「啊，動物醫院啦，因為我才剛搬來，不太清楚。」

「呃……上網查就能查到吧。」

「嗯，但數量很多，我不知道該選哪間好，而且網路上的評價也不見得正確。」

確實如此。不僅醫院，我也有過被網路評價背叛的經驗。

但水野阿姨應該也知道這附近的醫院啊，應該不需要讓她來找我吧……還是阿姨覺得我們是同學，要她到學校再問我呢。

但二葉晴夏不是到學校，而是現在跑來問，大概是出自她感覺到教室裡的氣氛，而對我的體貼吧。

我從皮夾裡拿出診療卡。

「這間是喵喵常去的動物醫院。」

「我現在記下來喔。」

她拿出手機開始打字，大概是因為天色昏暗，看不清楚診療卡上的文字吧，比我想像的還要花時間。

不耐煩。

站在人行道上和誰說話這件事，讓我靜不下來。

「拍下來比較快吧？」

「啊，說的也是。對不起，這樣馬上就能好了。」

二葉晴夏慌慌張張地操作手機，「喀嚓」一聲，我的手邊一瞬間亮了一下。

確認畫面後，醫院名字、地址都拍得很清楚。

「那掰掰。」

我想要立刻離開。

不知道為什麼會這樣想，總之就是想要快點離開。

大步走著，後面傳來聲音：

「謝謝你。」

我沒有回頭，所以不知道她有什麼表情。

但不知為何，腦袋浮現她笑著對我揮手的模樣。

屋頂可以遠離校舍的喧囂。吃完午餐後，我躺在水泥地上。

春天的陽光好溫暖，讓人昏昏欲睡。
徘徊在夢境和現實間淺眠一段時間後，我的臉上出現了影子。
閉上眼之前，天空有好幾朵雲朵。
要是陽光繼續被雲朵遮蔽就會變冷啊，我這樣想著，稍微睜開眼睛。
「──嗚哇！」
一開始還以為是夢境的延續，但不對。
眨了兩、三次眼之後，景色仍舊沒變，讓我知道這是現實。
為什麼在這裡？
為什麼知道這裡？
但是，除了剛睡醒時被闖入者嚇一跳，我還有種上了好幾道鎖，僅屬於我的寶物箱被擅自打開的感覺，一句話也說不出來。
二葉晴夏雙手合十對我說：
「對不起，我吵醒你了嗎？」
是被嚇到嗎？還是因為生氣，我也不太清楚，但血液撲通撲通地流過，我的耳朵都痛起來了。

「……妳為什麼在這裡？」

我坐起上半身瞪著她。

但她一點也不害怕，用在寵物店裡陪喵喵玩時的感覺對我說話：

「吃完便當後，我到處都找不到你。問瑞穗之後，她說你午休時總不會待在教室裡，所以我想，你應該有固定會去的地方吧。」

「了不起的推理啊。」

「完全算不上推理啦，比較像用腳查案的感覺。因為我最先去了圖書館，接下來去了體育館，又去保健室，再去教務處，那之後原本打算去屋頂，但門鎖著……然後，就覺得，真的沒理由，就覺得你應該不在校舍裡，想著『你會去哪呢？』後，就覺得你應該在可以看到河川的地方。」

「……為什麼會那樣想？」

「因為你第一天來救我啊。」

「但是，從下面應該看不見我啊。」

「是這樣沒錯，但我在這棟大樓旁邊逛了一圈，發現有人踩過草叢的痕跡。還有，入口處的封鎖線有一點鬆了。」

將近一年，都沒有任何人來到這裡，沒想到她才轉學三天就找到了。

我連生氣的力氣也沒有，僅僅只能嘆氣。

「妳將來去當偵探或警察如何啊？纏人到這種程度，應該可以成為優秀的搜查員吧。」

我當然是在挖苦她。而且說起來，就連童話世界裡，也不會存在會迷路的警察。

但她似乎聽不懂我的挖苦，不僅如此，還一臉認真地回問：

「警察有自然組的職缺嗎？」

「……應該有吧？」

「這樣啊，嗯，雖然我現在完全沒思考那個方向啦……」

二葉晴夏突然舉起右手，擺出端正的敬禮姿勢。

「還是我去查一下？」

「……隨妳開心。」

她在我身邊坐下，邊發出「嗯～～」的聲音邊伸懶腰。

「這裡好舒服喔。」

因為現在是春天，到了仲夏，這邊和地獄沒兩樣。

但是，我沒有必要對她說明。

「……然後，幹嘛？」

「什麼『幹嘛』？」

「妳來打擾人午睡的目的是？」

「啊，對了。我有東西想給你。」

二葉晴夏從掛著卡通人物的包包裡，拿出好幾個小盒子。

Pocky、餅乾、巧克力，都是超商裡常見的零食，其中，有非常多巧克力。

「這什麼？」

「零食。」

我還以為她當我是笨蛋。

「這種事我也知道，但我不知道妳為什麼要給我這個。」

「謝禮啊。」

「我只是告訴妳醫院的名字而已，妳自己吃吧。」

「你討厭零食嗎？」

「……不討厭。」

「那要不要一起吃？我最推薦的是……這個吧。」

二葉晴夏拿起一個據說是新商品，加入橘子皮做成的巧克力。

「我不要。」

「你肚子飽到吃不下巧克力了嗎？」

「不是那樣。」

「那你是討厭巧克力嗎？」

「我不是才說我不討厭嗎？」

「那一起吃嘛。」

我的聲音已經越來越不悅了，她還是繼續說。

我已經忍不住了。

「不是那樣！我剛剛也說了，只是告訴妳醫院而已，不需要特別謝我！如果妳真的想謝我，讓我一個人待著更讓我感謝！」

笑容一瞬間從二葉晴夏臉上消失。

我沒有錯。闖入這個地方的人是她，只是，我也覺得——有點說過頭了。

但是，我的後悔在一瞬間之後就結束了。

打開盒子遞給我巧克力的她，已經露出笑容了。

「給你。橘子皮的微微苦澀，會讓你想拿第二個、第三個，然後發現的時候，已經吃完一整盒了。」

相當幸福……就像海苔在喵喵面前時一樣，二葉晴夏眼中只有巧克力。

我覺得反抗只是白費力氣。

「吃完一整盒後，妳不會後悔嗎？」

「嗯，那之後會被嚴重的『糟糕了』感襲擊，然後就會想著明天開始要節制，但隔天還是會繼續吃。」

如果真的想節制，就別買這麼多零食來啊。

我斜眼看著包包裡滿滿的零食說：「說要道謝也太誇張了吧。」

「一點也不誇張，這是要謝你在河邊救了我，感謝救命恩人是理所當然的吧？」

「然後自己也跟著吃嗎？」

「因為就算放著，感覺藤倉同學也不會吃啊，比起自己吃，兩個人一起吃比較好吃，零食也覺得被美味品嚐比較幸福啊。」

「是我的錯覺嗎？我怎麼覺得妳強詞奪理，結果只是想吃零食而已啊。」

「才沒有，是事實。」

二葉晴夏像喵喵惡作劇時一樣，小小吐著舌頭。

啊，原來是這樣，我之所以會被她耍得團團轉，是因為我找到她和喵喵的相似之處啊。

正如她所說，沒特別喜歡也沒特別討厭的巧克力，總覺得今天吃起來特別好吃。

「小喵喵好可愛喔。」

「是啊……」

「你從牠小貓時開始養嗎？」

「對。」

「養在室內？還是會讓牠待在室外？」

「室內。」

「家裡照顧牠最多的人是你嗎？」

「嗯。」

「晚上會一起睡嗎？」

「偶爾。」
「該不會是睡到一半，突然發現牠鑽進被窩裡來了吧？」
「是啊。」
「冬天會很溫暖呢。」
「嗯。」
「喜歡吃什麼？」
「海苔。」
「是這樣啊，那我下次不帶零食，帶海苔來囉，雖然覺得在屋頂上吃海苔相當特別。」
「嗯？」
我發現我們的對話有點對不上。
「……海苔是喵喵愛吃的東西，不是我。」
「是喔？我是在問你喜歡吃什麼耶。」
「剛剛那一串話，一般來說都不會以為是在問我吧。」
二葉晴夏小聲說著「這麼說來也是耶」，把手伸向最後一塊巧克力。

「那你喜歡吃什麼？」

「沒有特別……」

「討厭吃什麼？」

「沒有討厭到難以下嚥的東西。」

「這樣是很好啦，但我覺得有個喜歡的東西會比較好唷。」

「不用妳操心。」

一般女生早就離開我身邊了，但二葉晴夏完全沒那種舉動。不僅如此，還繼續把手伸進包包裡。

「要吃餅乾嗎？」

「不要。」

「這樣啊……」

「我才剛吃完午餐而已。」

「沒聽過零食是另外一個胃嗎？」

「人的胃只有一個。」

「但聽說只要看見好吃的東西，人的胃就會空出一塊空間來容納喔，電視上播過。」

那我也有看過。

但是，我沒有光靠餅乾就能驅使胃蠕動的力量。

「妳吃就好。」

「算了，我不要吃了。不管再怎樣，現在就算靠意志力，也沒辦法空出空間來。」

也就是說，她似乎是飽了。

她把掛著卡通人物、裝著所有剩下的零食的包包推在我身上。

「回家吃吧。」

「……謝謝。」

我想著，只要我收下，她就會離開這裡了吧。

但是，二葉晴夏還是繼續待在我身邊。

這裡是我的地盤。

雖然我想要如此主張，但話說回來，我根本沒有這個權利。

要說權利，全校學生都有權利，而且既然禁止進入，本來就沒有人可以進來。

結果，只能繼續對話。

「喵喵這個名字是誰取的？」

「……我。」

雖然不後悔，但每當有人問名字，我回答時都會覺得有點害羞。

我真想要告訴小學生的自己：「只有在動物醫院的問診單上寫上『藤倉喵喵』這件事會讓你後悔。」

我想，反正二葉晴夏也會笑我，她的反應卻遠遠超出我的想像。

「不可以忽視從天而降的靈感啊。」

「嗯？」

「直覺感到『就是這個！』之後，不管想再多名字，都覺得奇怪啊。」

「該不會鈴乃介也是……」

「被你發現了嗎？嗯，因為牠脖子上的鈴噹『鈴鈴』響，所以才取名鈴乃介。我爸爸叫龍乃介、爺爺叫行乃介，然後來我家的貓也是小男生，所以自然而然加上乃介，就變成鈴乃介了。雖然親戚說太隨便了，但我就覺得這樣好，也沒有辦法啊。」

「我也常常被別人說隨便。」

「但真要說起來，三毛、小玉也很隨便啊，反過來說，要是取小亮或是小博之類的名字，又會被說些什麼。」

大概覺得「找到同伴了！」吧，她繼續說著貓咪的話題。但關於這點，我倒是沒有異議，至少比零食的話題開心多了。

「小喵喵很黏你耶。」

「才沒這回事。」

「但之前，你把牠放進外出包裡後，牠比我想像的還要乖耶。」

那是因為……借用水野阿姨的話來說，是因為有可愛女生陪牠玩啊。

但為了喵喵的名譽，我還是別說好了。

「叫也叫不來是常有的事啊。」

「我們家的鈴乃介偶爾也很隨心所欲，明明超級愛撒嬌，卻陰晴不定。」

「因為是貓啊。」

「嗯。但只要我覺得無論如何都希望牠在身邊時，牠就絕對會靠近。所以我都覺得，貓咪應該聽得懂人話吧。」

我嚇了一跳，因為有人和我有相同想法。大概是我沉默不語，她完全往相反方向解釋。

「啊，你那個臉，不相信對吧？但我覺得牠們聽得懂喔，至少我們家的鈴乃介很聰明，都聽得懂我在說什麼。」

「真要這樣說，我們家的喵喵也很聰明。」

「才沒有，我們家的鈴乃介比較聰明，所以大概都知道我在說什麼。」

「誰知道。喵喵才不是『大概』那種程度，牠的行動完全合情合理，所以是喵喵比較聰明。」

「那種事情我家的鈴乃介也是。」

我們誇耀自家貓咪的行為，無法停止地不斷加速。

沒有養貓的人聽見，大概會不禁失笑吧。

但只要一開始說，我們就沒辦法停止誇耀自己的貓有多優秀、有多可愛。

從「走路姿勢」到「吃飯姿勢」，說完「睡覺時的表情」後接著說「伸懶腰的姿勢」，最後甚至發展到「上完廁所後的清潔超優秀」。

陷入愛貓人的陷阱中，我毫無止境地說著。

但天下沒有不散的宴席，這段時間也無法長久延續。

「這邊的風景非常美呢，河川閃閃發亮。你的特等席——」

她說到一半閉上嘴，轉過頭來和我對上眼。

「怎麼了嗎？」

「沒有，什麼事都沒有。」

她到底想說什麼，說不在意是騙人的，但我沒繼續追問。

所以，我只是回了「這樣啊」，她也回了「嗯」。

她閉上嘴後，我們的身邊一片寂靜……

這是一如往常的屋頂。

彷彿讓我回想起，我為什麼自己一個人待著，為什麼會在這裡。

看著閃閃發亮的河面，我輕輕吐了一口氣。

黃金週結束後，換了座位。

雖然大家這次也沒照班導的指示坐，但因為小團體也固定下來了，每個人都有自己的地盤。

我一如往常固守窗邊最後一個坐位，二葉晴夏完全融入班上，彷彿從去年開始就在這間學校裡一樣。

「晴夏～～妳有看昨天的連續劇嗎？」

「嗯，超級有趣呢。就在對手下週就要採取行動的氣氛中結束了不是嗎？妳覺得後面會怎樣啊？」

「晴夏～～妳英文翻譯翻完了嗎？」

「嗯，大概都翻完了喔，要看嗎？」

「晴夏～～借我古典字典～～」

「好喔，我們班今天沒課，有空再拿來還我就好了。」

我也不知道沒參加社團的她，為什麼才來一個月就能連在其他班級都有朋友，但她身邊總是有人。

她自願負責六月初舉辦的運動會的服裝，一到休息時間，她就會和其他人討論些什麼。

而我，則是一如既往。

午休時在屋頂眺望河川，在教室時就打開課本。說到變化，大概就是養成在屋頂上吃零食的習慣吧。

變得忙碌的二葉晴夏，很偶爾會突然問我「小喵喵過得好嗎？」但不曾再來屋頂了。

今天難得父母這麼早下班，三個人一起吃晚餐，但我們在餐桌上幾乎沒有對話。因為對話無法延續，也就沒有人勉強說話。

電視聲在安靜的餐桌上響起，藝人刻意的笑聲、主持人誇張的反應，也稍微為蒙混這尷尬氣氛派上一點用場了。

這種時候，喵喵迅速吃完自己的晚餐，離開客廳。

會看氣氛的貓。

我決定要在喵喵的能力表上追加這一項。

吃完晚餐後，家人各過各的。父親在寢室裡看電視，母親在客廳裡製作著什麼，我悶在自己房間裡。

母親每隔一段時間就會做不同的東西，我也沒正確掌握。以前曾經做過在瓷器上作畫的陶瓷彩繪，在那之前也曾做刺繡，現在應該是羊毛氈吧，偶爾會有動物吉祥物之類的東西擺在玄關處。

就外行人的角度來看，每件作品都做得很棒，但就興趣來看，感覺不怎麼開心。

在二樓念書的我，為了要拿飲料到廚房時，聽見玄關處傳來聲響。

從門旁探頭出去看，看見母親的背影。她似乎正在繫鞋帶，坐在入屋處彎著腰。

「妳要出門嗎？」

母親的肩膀跳了一下。

「聖，你還醒著啊？」

「還……十點睡也太早了吧。」

「說的也是，但你也別太晚睡啊。」

「妳才是，這種時間要出門嗎？」

「有點事。」

「什麼事？」

穿好鞋子的母親，手放在大門上轉過頭。

就像早上出門上班時一樣，化上了漂亮妝容。

「那個……朋友找我出去。」

那時，母親的身體包圍在閃閃發亮的光線中。

——又犯錯了。

我低下頭，後悔自己開口問母親。

大概是時間逼近了，母親打開門。

「那，聖，拜託你關好門窗喔。雖然爸爸也在，但他喝了不少酒。」

「……妳其實是要去哪？」

「什麼？」

我沒有抬起頭。

就算沒有抬頭，我也知道母親有什麼表情。

像是嚇了一跳，有點傷腦筋——「狼狽不堪」，這大概是最貼切的表現。

在她回答前，我先結束這個對話。

「路上小心。」

母親什麼都沒說地走出門，「啪噹」，門關上了。

玄關剩下我一個人，我回想起了解光芒意義那天的事情。

◇

我能看見喜歡的人的謊言。

正確來說，我喜歡的人說謊時，我能知道那是謊言。

但是，我不知道謊言背後的真相，頂多只知道「他在說謊」而已。

我也不知道自己為什麼會有這種能力。至少，父母都不曾對我說過，他們能看見謊言，應該不是遺傳。不知道是天生還是後天出現的，不過，四歲時就發現這件事，應該是天生的吧。

喜歡並不單指戀愛感情，也包含對有血緣關係的家人和朋友的「喜歡」。

而最讓我困擾的，就是一旦喜歡上，就算之後變得討厭對方，我也能一直看見他的謊言。

如同父母，如同幼稚園的阿良和小光。

到國中畢業為止，阿良和小光都和我念同一間學校，但自從小學二年級的那天開始，我們就沒再說過一句話。

那天，從散亂在我腦海中的拼圖拼湊起來的那時開始，我開始和喜歡的人保持距離。

小學二年級的冬天，和往常一樣，在學校裡和阿良聊遊戲時，同班同學走進教室的同時，大聲說：「我帶了超猛的東西來喔。」

我也不知道他在說什麼。但是，班上天線敏感的同學，相當興奮地跑到那同學身邊去。

「你該不會拿到了吧？」

「對啊，要看嗎？」

「要看、要看！給我看！」

其他聽見對話的男生也一起跑到他們兩人旁邊，我和阿良也圍在一旁。

受到大家矚目的男生，從書包裡拿出袋子。如同拿著貴重物品般，輕輕移動手指，比拿到滿分考卷還更驕傲地展示給大家看。

「喔～～！」

在場的男生異口同聲喊著。

因為那是當時在我們之間相當流行的卡片遊戲的卡片，和常見的卡片不同，是文字和插圖都閃閃發光的那一種。

遊戲中，持有強大卡片的人更加有利，當然大家都想要，但這類卡片相當難獲得。

同學驕傲地炫耀給大家看的卡片，也是稀有卡片中更稀少的那種，所以在場男生的眼睛都閃閃發亮說著「好厲害～～這就是真的啊。」、「超帥耶。」

「真想要。」

我把臉湊近卡片，擁有者抿起嘴唇：

「才不給你，這是我表哥給我的耶！」

聽說是他表哥念大學之後，已經不玩卡片遊戲，所以才會給他。

我想著「不知道是不是也有願意給我卡片的人啊」，想到住在他縣，念高中的表哥，只是相當欣羨地看著卡片。

事情就發生在放學後。

我們在學校前庭裡的涼亭中，正打算要玩卡片遊戲時。

持有稀有卡片的男生強勢地說：

「我今天絕對要贏過你們。」

如此威風凜凜地宣示——但在幾十秒後，這強勢的態度轉變成不安的表情。

翻找書包之際，他的臉色越變越白，連我們也感受到他的焦急。

「找不到嗎？」

「早上給大家看完後，我收在這邊啊……」

「會不會放在別的地方，或是夾在課本裡啊？」

大家湊近到頭都要互撞，一起看著全攤在桌面上的物品。

但不管確認幾次，就是找不到那張卡片。

「誰偷了？」

大家都和我有相同想法吧，互看彼此的臉，立刻開始找兇手。

最後，卡片擁有者懷疑問我：「是阿聖嗎？」

「為什麼是我？」

「還不是因為你說你想要我的卡片。」

「不只我，大家肯定都很想要啊。」

「但是，阿聖盯著不放啊。」

「我也只是湊近看卡片而已。」

加入我們的爭論的，是阿良。

阿良是我從幼稚園就認識的朋友，在班上和我最要好。

「我看到了喔，打掃時間結束後，阿聖去碰你的書包。」

「——咦？」

阿良表情恐怖地瞪著我，然後，全身開始發光。

「我有看到，看到阿聖拿那張卡片，是他偷的。」

「我才沒做那種事。」

「別說謊了！」

阿良大叫，但那絕對不可能，因為實際上，我既沒有碰過書包，也沒有碰過卡片。

所以此時，我發現了。

說著「別說謊了」的阿良，現在正在說謊。以及，我相當重視的朋友的身體，正在閃閃發光。

只要想通一件事後，過去的所有事情也全想通了。

在那之後，我開始和喜歡的人保持距離。

當然，我也知道有時有說謊的必要。我現在也已經能理解，四歲時，母親為了不買玩具給我而說的謊，就是必要……方便程度的謊言。

但是，謊言偶爾會帶有惡意，而那股惡意會傷害我。

喜歡的人撒的謊，會傷我更深。

說謊的人，會被包圍在閃閃發亮的光線中。那個閃亮，和我從屋頂眺望的河面反射太陽光非常像。

光線告訴我那是謊言。

我可以看見喜歡的人的謊言。

但是，我才不想看見喜歡的人的謊言，所以我下定決心——絕不喜歡上任何人。

第二章　暴風雨與貓　河川和妳

上完體育課回教室時，感覺和平常不太一樣。明明只剩五分鐘就要開始上第六堂課了，但幾乎所有同學都聚在黑板前。

雖然看不見險惡的氣氛，肌膚卻會感覺到刺痛感。

「太奇怪了。」

似乎是偵探角色的女生，飄揚著裙子轉過身。接著，一個男生握拳大聲說：

「第五節課開始之前，我確實擺進這裡了！」

黑板旁邊有個小櫃子，用來擺講義。男生就是指著那裡。

「但是沒有啊，既然是須本拿來的，應該是忘記擺哪去了吧？前一陣子，你的課本不是也不知道為什麼出現在鞋櫃裡嗎？」

「那是！因為我想到有小考，慌慌張張拿出來念書才會……」

「就算這樣也不需要邊換鞋子邊念吧，而且還把最重要的課本忘記。」

「那是因為東西太多……但今天不同。」

須本語氣漸弱地否定著。

女生往前逼近一步，雖然她身高壓倒性矮，魄力卻完全成反比。

「那為什麼沒放在這裡啊？難不成你要說四十張講義全被吹飛了嗎？還是遇到神隱了？」

「我、我怎麼可能知道啊。」

「所以我在問，是不是你忘在其他地方了啦！」

「別這樣啦，須本也說他確實有擺進這裡了啊。」

原本旁觀的女生出聲緩頰。

「須本，你是什麼時候擺進櫃子裡的？」

「就說在第五節課上課前啊。我在走廊碰到吉樂老師，他就要我把下一堂課要用的數學講義拿回教室。因為還要去換運動服，我原本跟他說我不要啊。」

看來爭吵的原因，就在於須本受導師之託拿到教室裡的講義不見了。

接著換其他男生參戰。

「這樣說起來，你很晚才到操場來耶。」

「所以說，就是因為拿講義的關係啦。」

第五堂體育課，是上障礙賽跑。

平常根本不會有人確認櫃子裡有沒有講義，主張自己放進櫃子裡的須本，上完體育課回教室時，拉開抽屜後覺得奇怪，因為發現裡面空無一物。

「而且那是數學講義耶，錢包也就算了，誰要偷那種東西啊。」

「當然是不想要寫講義的人丟掉了啊。」

「因為快要考試了，想害別人成績變差的人藏起來之類的。」

說出這句話的人，是自我介紹時爆料自己一年級成績滿江紅，差一點要被留級的男生。

扮演偵探的女生敏感反應。

「喂，別因為你自己岌岌可危，就想要拖別人下水啊。」

「啊？當然是開玩笑啊！這種事也聽不懂。」

「是你說出口的就無法當玩笑啊，你去年是數學補考之後，好不容易才升級的吧。」

「這和那沒有關係，我才不會拉別人下水。」

「雖然這樣說，明明就快考試了，昨天放學後，你是不是還邀朋友去唱卡拉OK啊？」

大概是連走廊都能聽到教室裡的騷動吧，別班學生也跑來張望。

正常來想，把講義藏起來根本沒意義。老實說弄丟了，雖然會被老師念個幾句，但最後還是可以拿到新的。

大家都知道這種事，雖然明白，卻沒有人想要滅掉已經燃起的火。

「應該就是須本忘了吧？是不覺得你會故意藏起來啦，但你神經這麼大條，又急著要換衣服。」

大家的視線聚集在須本身上。

「這個嘛……」

大概是被氣氛吞噬，須本閉口不語。

我看了看時鐘，再過不久，第六堂課的鐘聲就要響了。

我準備好化學課本，從教室後門離開。因為同學們聚在教室前方，根本沒有人發現我從後面離開。

第六堂是實驗課，我前往理化教室。

走出教室後，還持續聽見教室裡傳來的爭執聲。

因為幾乎全班同學都遲到，化學老師花了五分鐘來說教。之所以五分鐘就結束，是因為考試範圍都已經宣布了，我們卻還沒有趕上進度。老師用兩倍的速度說明實驗內容，晚了三分鐘左右才終於上完課。

回到教室後，須本在櫃子前喊著：「咦？」

和須本在一起的男生問：「該不會是講義跑進櫃子裡了吧？」

「嗯，在裡面。」

「什麼？」

此時，幾乎所有在教室裡的學生，都像被香甜花蜜吸引的蟲子般聚集在櫃子前。

「須本，這怎麼回事？」

「我怎麼可能知道啊！」

所有人都露出被狐狸矇騙了的不解表情，其中甚至有同學說出：「我們剛剛該不會是看錯地方了吧？」

在這之中，我當然一如往常坐回自己座位，攤開第七堂課的數學課本。

正當我在筆記本上畫三角形時，頭上冒出一個輕語低聲：

「講義，是你做的吧？」

二葉晴夏在我旁邊的座位坐下。

我沒有回她，在三角形中畫上輔助線，寫下算式。

她自顧自說著：

「第六堂課開始前，原本放在個人櫃上面的那一疊紙，現在不見了。我覺得正好和放在黑板旁櫃子裡的講義差不多厚耶。」

「是妳的錯覺吧？」

「才不是，絕對有。平常那種地方根本不可能有一整疊紙，我還想著『是什麼啊？』所以記得很清楚。要去理化教室時，我是班上最後一個走的，那時還在上面。但上完課後，第二個回到教室時，個人櫃上的那疊紙已經不見了。順帶一提，第一個回教室的是——」

我「喀喀」按出自動鉛筆筆芯，但立刻就收回去了。根本念不下書。

我轉過頭去。

「如果妳覺得妳的推理正確，就去那邊告訴大家啊？還是妳沒有自信？」

「不，我確定把講義擺回櫃子的人是你。但要是告訴大家，你會很困擾吧？會有一堆人問問題，還會引起騷動。」

我煩惱著該怎麼回答，二葉晴夏舉起食指抵在嘴唇上：

「你就是不想要引起騷動，才偷偷把講義擺回去的吧？」

雖然她沒想要賣恩情給我，但對話主導權握在她手上也讓我覺得不爽。

「之前我推薦妳去當偵探或是警察，現在應該要重新思考比較好，妳的推理也可能是錯的。」

「什麼？」

「第一個發現的人是真兇的可能性，推理作品中不是也常出現嗎？」

「那是虛構啊，這次不同。」

二葉晴夏迅速否定。

「妳為什麼會那樣想？」

「這是因為……」

她的臉湊近，我的心漏跳一拍。

我不認為她看穿了這點，但她咧嘴一笑：

「因為我覺得你不會做那種——做那種讓大家困擾的事情。」

「妳到底知道我什麼？」

「你超級溺愛小喵喵。」

「不……」

說我溺愛那隻厚臉皮的喵喵，我完全無法否定。

「先別說喵喵……就因為這點，妳就相信我了嗎？」

「我基本上秉持相信人的態度。」

「妳也太天真了吧，此時此刻我可能正在說謊耶。」

「你才不會說謊。」

「這真的非問不可了，妳到底知道我什麼？」

「這個嘛，除了小喵喵的事情以外，我知道的也不多吧。但是你第一次幫我的時候自己說過啊，你說『我不會說謊』。」

我確實說過，但會相信這句話也太奇怪了吧。如果真心相信，那她已經超越天真，讓我擔心她是不是腦袋有問題了。

「我覺得要是有人說他不會說謊，那才是真正的騙子。」

「那你是騙子嗎？」

在我無法回答之際，二葉晴夏揚起嘴角，露出「反將一軍了吧」的表情。但又立刻接著說：「實際上，你說的對。我也討厭謊言，就因為被朋友背叛過、被矇騙過，所以才會理解你想說什麼。」

「那，妳為什麼相信我？」

「因為與其懷疑，相信才不會讓自己心情不好。」

「不覺得相信後遭到背叛，心情會更不好嗎？」

「但比起怪罪在他人身上，怨恨他人，要來得開心。」

「就算對方說更多謊言也一樣嗎？」

「嗯。」

她的眼睛如藍天般清澈，讓我覺得自己像個醜陋之物。

想要別開眼，我裝作在看課本。

要怎麼樣才能有那種想法呢？

她將來會不會被不實的傳銷欺騙啊？

即使如此，她還能說是自己有錯嗎？

但我覺得，二葉晴夏可能會這樣說吧。雖然我還不甚了解她，就是有這種感覺。

「我適合當偵探或是警察嗎？」

「不適合吧，因為警察的工作就是懷疑人。」

「欸～～不行嗎？自從你說完後，我可是有點那樣想耶。」

她如此嘟囔，開始碎碎念著：「還是不重寫自己的升學就業意願表好了。」

收回我先前說過的話，她不適合當警察，我只能想像她被壞人欺騙的未來。

但話說回來，她這一次的推理是對的。

第六堂課上完後，我第一個回到教室，把講義放回黑板旁的櫃子裡。我也不知道講義為什麼在個人櫃上，不知道是須本忘了，還是有人惡作劇。

沒想要當警察也沒想要當偵探的我的推理，認為應該是有人想惡作劇，但老實說，我一點興趣也沒有。

總之，繼續鬧下去真的吵到讓人受不了，所以我把它放回櫃子了。

「雖然解決事件很厲害，但做完實驗之後，不可以偷懶不收拾啊。我可是收完之後才回來教室的喔，雖然在走廊上跑啦。」

我眼前浮現了她像喵喵一樣，吐舌頭的樣子。

但頭沒從課本抬起來的我，根本無從確認起。

平常，只要聽到我開貓罐頭的聲音，就會立刻出現的喵喵，今天完全沒看見貓影。我從櫃子裡拿出扁平的罐子，拿出一片大海苔。

「喵喵，吃飯了喔，還有海苔喔。」

叫了也不來。

是在惡作劇嗎？前一陣子也把我才剛開的面紙全抽出來，弄得房間整片白，害我以為下雪了呢。在那之前，則是和廁所衛生紙格鬥，也把廁所弄得到處都是紙，更久之前，把脫線的抱枕裡的棉花全咬出來，再更久之前，還把和室的紙拉門弄破……

「這次又做了什麼啊？」

貓咪九歲，如果換算成人類年齡約為四十歲左右，那就應該要更沉穩一點啊，但喵喵從小到大都沒變。

我在家中到處看。

客廳、和室、玄關、廁所。但是，不管到哪，都沒看見被弄亂的狀況。

連二樓我的房間和父母寢室都看了，但哪裡都沒看見喵喵。

「喵喵，吃飯了喔。」

不管怎麼叫，家裡還是一片靜悄悄。

太奇怪了，至今未曾發生過這種事。我走進還沒查看的更衣室裡。

浴室的門有點打開，肯定又是晚上喝太多沒洗澡的父親，早上沖澡了吧。濕氣會把更衣室弄得濕淋淋的，所以母親已經說過好幾次要他把門關好，但他總改不了壞習慣。

推開門，一陣涼風迎面而來。

平常總是緊閉的浴室窗戶，開了十公分左右的隙縫。

我一瞬間停止思考，但立刻穿上鞋子衝出家門。

我不知道平常都待在家裡的喵喵會去哪裡，總之就在家裡附近找。

「喵喵！你在哪裡？」

就算側耳傾聽，也沒聽見回應的聲音。

只是稍微去看一下外面的世界而已，只是單純好奇而已。

我期待著喵喵會帶著這種表情回來，但牠沒有出現。

牠該不會是不想繼續和我在一起了吧？是不是覺得一直待在家裡太無聊了呢？雖然喵喵總是表現得沒興趣，但我說話的時候，牠總是近在身邊，或許，牠老早就想要逃出家裡了。

我看似了解喵喵，卻什麼都不懂。明明相處好幾年了，但出門時總是放在車上或是放在外出袋裡，根本不知道牠會去哪。

我曾想過，要是能和喵喵對話就好。

但是，如果能和喵喵說話，我肯定沒辦法和牠待在一起。

我奔跑著，拚命擺動雙腳。

「喵喵！」

邊跑邊叫牠的名字，來往行人都用奇怪的眼神看我，但我根本不在意。

去了公園和海邊，還去了車站和繁華街。

但是，貓咪能藏身的地方無比多。聽不到聲音的地方、眼睛看不到的隙縫，多到數不清。

結果，不管怎麼找都找不到。

我想著牠會不會跑回家了，先回家一趟，期待著牠會不會在大門前一臉「你也太慢了吧」的表情等我。

但是，喵喵果然沒回家。

我邊想著喵喵可能去哪，邊在大門前坐下。

「到底去哪裡了啊……」

喵喵外出時，有怎樣的行動呢？

會不會發現有興趣的東西，就顧不得左右直衝出去呢？然後被車子——

一開始想像，我就像掉入無底洞般遭受負面想法攻擊。

電話響了。不是我的手機，是從家中傳來。

家裡電話不常會響起，那是……

我迅速打開門鎖，跑進客廳。

不快點接起來就會掛斷，第七聲響起時，我拿起話筒。

「喂！」

「那……那個……」

電話那頭傳來不知所措的聲音。

我再次深呼吸：

「喂，這裡是藤倉家。」

「啊，果然是藤倉同學？是我……二葉晴夏。」

「——欸？」

腦袋一瞬間一片空白。

她為什麼會打電話到我家？

為什麼會知道我家電話號碼？

在我不知該說什麼之際，她慌慌張張開口：

「該不會不是藤倉同學吧？對不起，我是聖同學的同班同學——」

我可以想像二葉晴夏在電話那頭慌張的樣子。

這太好笑，讓我不禁噗哧一笑：

「對不起，是我。怎麼了嗎？」

「欸？啊，果然是藤倉同學，真是太好了。現在方便嗎？你好像在忙，時機不湊巧嗎？」

說不湊巧也真的不湊巧，但不知道該去哪裡找喵喵的我，回答「沒關係」。

「那個啊，其實喵喵現在在我這邊。」

「什麼？」

「說在我這邊，倒不如說我現在就抱著牠。牠好乖喔。」

「……為什麼會那樣？」

喵喵失蹤的事情、二葉晴夏打電話到我家來的事情，都讓我嚇一跳，但更讓我驚訝的是，她正抱著喵喵。

據她說明，她看見寵物店前有一隻長得跟喵喵很像的貓（實際上就是喵喵），她一開始還以為不是同一隻貓。因為她知道喵喵養在室內，而且我不在旁邊。但是請水野阿姨確認後，知道那果然是喵喵，所以才會打電話給我，這就是整件事的真相。

電話號碼是從水野阿姨店裡的會員資料得知的。

「然後啊，我現在正在去你家的路上，你等一下有要外出嗎？」

「沒有……妳正在來我家路上？」

「水野阿姨告訴我地址了，那，我現在過去喔！」

她似乎是邊講電話邊走路。但是，問題不在那，才搬來一個多月的她要靠著地址——而且想到她轉學第一天就迷路，我完全無法想像她有辦法找到位於有點錯綜複雜道路上的我家。

「等等！別掛電話！」

只要和二葉晴夏在一起，我就沒辦法保持自己的步調。雖然不情願，也只能承認。

想到她迷路遲到、跑進四月尚冷的河川裡、當偵探找出我的所在地、看穿我的行動……

不可靠和敏銳間的平衡，完全超越我的想像。

「妳知道妳現在在哪嗎？」

才聽見「什麼？」後，話筒那頭一陣沉默。

這一次是「不可靠」啊。

我嘆了口氣：

「那附近有沒有可以當目標的店或是建築物？」

完全不知道從水野阿姨的寵物店到我家，要怎麼走才會走到這家超商。我一思考後，都要在自己腦袋裡迷路了。

超商前，二葉晴夏等到不耐煩地蹲在地上。

「謝謝妳，幫大忙了。」

「不會，別在意，我也很開心可以和小喵喵玩。說到這個，你在我打電話前一直在找牠嗎？」

「對。」

「對不起啦，雖然我打了好幾次電話，但都沒人接……我也不知道你的手機號碼。」

「啊……」

我沒和班上任何人交換聯絡方法，她應該不可能知道我的電話號碼。在水野阿姨那邊辦會員時，我還是小學生，所以是寫家裡電話。向她道歉給她添麻煩了之後，她撫摸懷中的喵喵：

「小喵喵超級乖的喔。」

要形容現在的喵喵，大概就是去哪借來的貓，或是裝模作樣的貓吧。

證據就是，牠待在她的懷中，時不時偷偷瞄我。

「好了，回去你的主人那吧。」

她把喵喵交給我。

我還以為喵喵會掙扎，但牠乖乖回到我懷中。

「喵～～」

牠應該是在說「太慢了喔」或是在說「晚一點來也沒關係喔」吧。

乖乖讓我抱著，或許是想著「差不多該回家了」吧。

第一次看見的世界，如何呢？

如果真的能和喵喵對話，我真想問牠。

但如果真的能問，我也會怕到問不出口。

「今天真的很謝謝妳。」

「不用謝，這是沒有關係啦……但是，為了避免又有相同事情發生，你可以告訴我ＩＤ嗎？」

「ＩＤ？」

「嗯，加朋友吧。這樣一來，遇到今天這種狀況時，我也能馬上聯絡你。」

我有手機。升高中時，父母買給我的智慧型手機，雖然不是最新機種，也能正常使用。但是……

我拿出手機給二葉晴夏看畫面，她睜大眼。

大概因為我的手機畫面上沒有那個白綠圖示吧。

「你手機沒裝通訊軟體嗎？」

「沒有。」

「為什麼？」

「沒必要。」

沒脫口而出「啊」是敏銳的她，只要待在同一間教室裡，就能明白我的定位在哪。

「那，如果有必要可以安裝嗎？」

會有必要嗎？

喵喵再次失蹤的可能性，失蹤的喵喵被她找到的可能性都極低。所以說有沒有必要，我認為沒有。但是……

「我沒有打算勉強你，所以不要就拒絕吧。」

「也沒有……不要啦，但我可能不會馬上回訊。」

「這你別在意，只要遇到像今天這樣的緊急狀況時，可以用就好。」

「喵～～」

連喵喵似乎也在說「快一點」。

被罪魁禍首的這傢伙說，讓我有點不爽。

二葉晴夏輕輕歪頭：

「小喵喵也在說『快點註冊啦』。」

喵喵才不會這麼可愛。

她摸著喵喵的喉嚨，喵喵瞇起眼，發出咕嚕聲。

和誰有所聯繫是件麻煩事，只要聯繫的時間增加，就會越了解對方。

但是，我還是把手機轉過去給她。

因為我耐不住喵喵央求。

緊急狀況時可以用就好。

反過來說，就是平常不會用。但是，二葉晴夏每天都會傳訊息給我，正確來說是鈴乃介的照片，和一句評論。

「性感照」、「凜然！」、「給我飯飯～～」等等，老實說，全是些無聊透頂的東西。

所以我一開始沒有回訊，她也沒有要求我回訊。

但每天看到這種照片後，就覺得我也不能輸，不知何時，我也開始回訊了。當然都是「起床」、「空腹中」、「活動中」等喵喵的照片。

然後，不知道為什麼，她會把同一張照片的評論改成「睡眼惺忪」、「向主人拜託」、「今天是惡作劇好日子♥」傳回。

她雖然會打槍我的評論，但總是誇獎喵喵很可愛、很可愛，而且在學校裡和她的距離也沒有改變，沒有帶給我負擔。

只不過，也出現改變。

自從我們互傳貓咪照片後，她開始叫我「聖同學」，而且自然到我起初根本沒發現，女生叫名字的門檻果然很低。

但是，我不曾叫她的名字，也不曾主動傳訊。

上學時晴朗的天空，在中午前變成了傾盆大雨。聽導師說，似乎是百年難得一見的降雨量，市區發布大雨暴風警報後，學校也開始忙亂起來。老師們一忙起來，學生也跟著心浮氣躁，雖然覺得很輕率，但還是靜不下心。正如學生們的期待，第六堂課開始停課，我們提早放學。

似乎已經有電車停止行駛，思考其他回家方法的人，和利用勉強還在行駛的線路的人們，爭先恐後地前往車站。

走路上學的我沒有必要慌張，所以是班上最後一個出教室的人。再怎麼說，今天都沒辦法上去屋頂。

樓梯口附近幾乎沒有學生了，優閒待著的，只有像我一樣家住附近，或是在等家人開車來接的人——才這樣想著，發現二葉晴夏也在其中。

「咦？聖同學，你好慢喔。」

「我覺得妳也沒有資格說別人，沒帶傘……看起來也不是這樣。」

她右手拿著一把格紋傘，但是一臉憂鬱地看著玻璃窗外。

「還不回家嗎？今天早點回家比較好喔。」

「是這樣沒錯，但我忘了帶家裡鑰匙出門。連錢包也忘了……所以，正在思考該怎麼辦。」

再過三十分鐘，學校就完全放學了。只不過，父母會晚點來接的人，和老師說一聲就能待在學校裡。

我告訴她之後，她消沉地低頭。

「爸爸去出差，後天才會回家。我剛剛打電話給媽媽了，但她說要工作，不到晚上應該沒辦法回家。」

「都這種天氣了，不能想想辦法嗎？」

「就是因為這種天氣，交班的人遲遲沒辦法來上班……我媽媽是看護，還有住在照護中心裡的人，她沒辦法丟著就回家。」

「朋友家呢？」

「大家都住很遠，一下就回去了。因為電車好像快停了。」

看見她走投無路的樣子，我也沒辦法說要先回家。

「喂，你們兩個！怎麼還在這？搭電車嗎？現在南東線和白海線應該都還有行駛喔。」

插話的人是體育老師，毅力至上主義的足球社顧問老師，聲音無謂的大，根本不肯聽人反駁，從入學起就是我的體育老師，所以我很清楚。

「那、那個……」

二葉晴夏繃著一張臉。

「在等父母來接嗎？」

「不是……」

「走路上學嗎？」

「對。」

「那就快點回家！預報說接下來風雨會更強，藤倉你家也在附近吧？」

我連回答都不爽回答，只是輕輕點頭。體育老師似乎也發現我的抗拒，語氣更加強烈地說：「那你們兩個都快一點回去！」

「但是……」

她慌慌張張地想說理由，但那只是無謂的努力。

「趕快回家念書，可以留下來的，只有在等家人來接的學生而已。」

「二葉同學，我們走吧。」

她還想要說些什麼，我抓住她的手往外走。

外頭的風強勁得讓人幾乎睜不開眼睛，這種狀況，連雨傘也派不上用場。

「要是妳不介意……要來嗎？」

「去哪？」

「我家。」

「聖同學的家？」

「嗯，我爸媽也很晚回來就是了……啊，還是借妳錢比較好？雖然不多，但也夠妳去家庭餐廳或是快餐店打發時間。」

當我從書包裡拿出錢包時，二葉晴夏的表情變得開朗。

「那我想去聖同學家！」

「妳不用在意錢，又沒多少。」

「不是，我想要去找小喵喵，最近只有看到牠的照片，還是說……添麻煩了？」

開口邀請的人，根本說不出添麻煩了啊。

而且，如果真的覺得麻煩，就不會問了。只是——覺得不知所措。

回到家時，早上出門時上鎖的大門卻沒鎖。

忘了鎖？不，雖然我馬上否定，但已經是每天早上的習慣了，我根本想不起細節。

不安地拉開大門，玄關處，擺著濕淋淋的傘，和黑色包鞋。

為什麼偏偏是今天……才這樣想著，客廳的門打開，母親探出頭來。

「聖，今天好早——哪位？」

母親的視線穿過我，看著她。

「同班的二葉同學。」

「突然叨擾真的很不好意思，我叫二葉晴夏。因為我忘了帶家裡鑰匙，但爸媽因為工作沒辦法馬上回來……」

「因為發警報了，所以提早放學了啊。」

母親遮掩不住驚訝，但立刻滿臉笑容地應對。

「這真是太糟糕了，我們家沒關係喔，快請進。啊，我去拿毛巾來，今天雨傘根本派不上用場啊。」

母親大概誤會了什麼，嚴重誤會了什麼。

從她比平常高八度的聲音，和慌慌張張的拖鞋聲聽起來，就連我也知道她在想什麼。

接過毛巾後，我逃難般地跑到二樓房間，她也不知所措地跟在我身後。

我三坪大的房間有床、書桌還有書櫃。雖然也有個小矮桌，但空間沒大到可以擺沙發，另外還有一點五坪大的衣物間，衣服都收在那裡面。

我雖然沒特別潔癖，但也不會把房間弄亂，所以就算突然有來客，也不會慌張。

關上門後，我把抱枕放地上，請她坐下。

「對不起，我沒想到我媽已經回來了。」

「不要緊，這種天氣啊，應該也很多公司提早下班吧？反而是我該道歉，應該要去家庭餐廳才對。」

「是我開口邀妳的，妳就別在意了。」

「不，說起來，是我忘了帶鑰匙出門的錯，全都是我的責任。」

要追究誰有錯根本沒完沒了，我一開始就說要借她錢就好了。更嚴格來說，就是天氣的錯，是學校沒在天氣變這麼糟之前提早放學的錯，是不聽解釋就想把我們趕出學校的老師的錯，真要找誰有錯，要幾個有幾個。

「叩、叩」，房門傳來敲門聲，我還沒回應，門先打開了。

「聖，我端茶來了。」

托盤上有冒著白煙的紅茶和費南雪。雖然想著「我們家裡有這種點心嗎？」但我沒說出口。接過托盤，我想要關上門時，母親問我：「前一陣子借你的書，已經看完了嗎？」

我向母親借書不是什麼罕見的事，雖然不到熱愛閱讀的程度，但只要引起話題的書，她都會買來看，所以母親的書櫃還頗充實。

但平常都放著我不管，只有這種時候來找我說話，讓我覺得很煩躁。

「……現在需要？」

「剛好有時間，所以想要看。」

「要殺時間還有其他書可以選吧。」

我的聲音比想像低沉，連自己也嚇一大跳。

但母親毫無動搖，待在門前動也不動。

「綠色封面那本。」

——為什麼偏偏是現在啦！

我拿起書桌上的書，又走回房門。

「這樣可以了吧。」

幾乎用丟的把書給她，一鼓作氣把門甩上。

大概是我的怒吼在身體裡迴蕩吧，全身都在發抖。

「還好嗎？」

二葉晴夏擔心地看著我。

腦袋的血液一口氣往下衝，好丟臉，根本不敢看她的臉。

「……對不起，讓妳見笑了。」

「不要緊，那沒有關係啦……我回去比較好嗎？」

「別在意……但是看到那一幕會在意吧，但真的別在意，這不是妳的錯。」

我也在地板上坐下，喝了口紅茶。熱到感覺要燙傷了，我伸出舌頭，二葉晴夏問著：「怕燙？」微微一笑。

只是這樣，就讓氣氛緩和了。

「因為我養喵喵啊。」

「這根本稱不上理由。」

「但是，大家都說寵物和飼主很像啊。」

「你這樣說，主從關係就相反了耶。」

她輕笑出聲，她的笑法有點刻意，感覺出她在顧慮我。

「我也會和父母吵架，但你剛剛那樣，阿姨有點可憐耶？」

無法回答。

我的情況有點難以說明，根本沒有辦法讓他人理解。

「你和媽媽感情不好嗎？」

「感情不好……我覺得有點不太一樣，說起來根本不太說話。」

「和爸爸也不太說話嗎？」

「不會說話。」

「為什麼？」

「因為沒有特別想說的話、吧。當然，有必要的時候會說。」

「男生都是這樣嗎？」

「我也不知道其他人家裡怎樣，妳家呢？」

「我家，家人很常聊天喔。最多話的是我……嗯～～是媽媽吧。爸爸總是滿臉笑容聽著。」

「真好，我曾對那種家庭有憧憬。」

「現在沒有了嗎？」

「沒有了，因為和人說話很累。」

她的表情瞬時染上陰霾。

看到這樣，我才發現不應該說這句話。

大概是從小學就躲避人到現在，我很不擅長看氣氛，因為根本沒有看的必要。

這種時候，該怎麼辦才好？

風雨依舊狂勁吹拂，現在就像待在無處可逃的牢籠中。

「喵～～」

門後傳來聲響。

這種時候，就會覺得喵喵真的很厲害。簡直就是「會看氣氛的貓」，我無法不尊敬牠。

一開門，喵喵根本沒看我一眼，直往二葉晴夏走去。彷彿那裡是牠的指定座位，毫不猶豫地跳上她的腳。

喵喵表情看起來很自豪，像是在說「這你就做不到了吧？」讓我有點不爽。

但幫大忙了，沉重的氣氛瞬間改變，她露出笑容。

「小喵喵，好久不見～～你今天也好可愛喔，謝謝你每天都給我精選照片。」

「喵～～」

「下次來我家玩吧。我們家有一隻叫作鈴乃介的貓咪喔，牠很想要見你呢。」

「喵喵知道喔，我有給牠看照片。」

「真的嗎？討厭啦，我們都做一樣的事。」

二葉晴夏笑出聲來。

喵喵也露出和我在一起時完全不同的貓的表情，你是哪來的貓啊？

我一拿海苔來，喵喵飛撲過來開始吃起來，她十分感興趣地看著。

「真的會吃耶。我聽你說完後，也試著拿海苔給鈴乃介，但牠根本看也不看。」
「聽說少有貓喜歡這個。」
「嗯，我第一次聽到有貓咪喜歡海苔，鈴乃介喜歡鮪魚生魚片。」
「那常聽到呢。」
「對、對，牠還喜歡小魚乾和柴魚片，所以我媽都叫牠『毫無驚奇的男人』。」
戲劇性的口吻讓我噴笑，專心吃海苔的喵喵也抬起頭來。
大概是覺得專心吃海苔很害羞吧，喵喵扭扭捏捏地，用前腳摸自己的臉。
「和在我面前的態度也差太多了吧。」
黃褐色的眼睛，圓滾滾地看著我，像在說：「你別多話。」
「聖同學還不是一樣，在教室裡和在喵喵面前的態度也完全不同啊。」
「這是因為是喵喵啊。」
「對牠敞開心胸的感覺？」
「算是啦……」
「你很喜歡喵喵呢。」

「妳這樣說……」

「會害羞？」

「該怎麼說呢。」

害羞──不是不覺得，但更重要的是，「很喜歡」有點不正確。

我確實喜歡喵喵，也很重視牠。但那是因為就算喵喵對我說謊，我也不會發現，所以讓我感到輕鬆。

因為不會發現，我可以對喵喵說真心話。就算再喜歡牠，牠再怎樣背叛我，我都不會看見牠的謊言。

我覺得，我只是剛好遇到喵喵而已，或許對我來說，蛇或青蛙也都可以。

「聖同學，這可以用嗎？」

二葉晴夏拿起擺在房間角落的塑膠製逗貓棒。

喵喵嘴邊沾滿海苔，一臉期待地看著她。

「請用。」

聽見我回答後，逗貓棒開始晃動。大概是她晃動的速度和時機絕妙吧，喵喵玩得相當開心。

「你看起來比平常還開心耶。」

「不同人和牠玩，牠的反應也會不同喔。」

「鈴乃介也是一樣？」

「嗯，牠對我和媽媽的態度不同喔。因為媽媽是會餵飯的人，媽媽在牠眼中，感覺比我還偉大。」

「對妳呢？」

「對等？好像也有點不同，是姊弟吧。」

「妳姑且算是姊姊啊。」

「姑且是怎樣啦，我可是比較大耶。那你是喵喵的什麼啊？」

「僕人。」

我迅速回答後，喵喵尖銳吐槽：

「嗚喵！」

「喵喵也說『才不是』喔。」

「但我總是被喵喵耍得團團轉啊。」

「雖然這樣說，但你笑容滿面耶，你很喜歡被牠耍吧？」

的會看氣氛的貓，就只有喵喵了。

「饒了我吧。」

「但是你看到不見的喵喵時，臉上明顯鬆了一口氣喔？」

我不能說「沒這回事」。

事實上，我當時真的鬆了一口氣。對我來說，比起蛇或青蛙，果然還是喵喵好。就算牠喜歡女生、會突然失蹤、很厚臉皮，但有著鬆軟毛皮、在絕妙時機現身的會看氣氛的貓，就只有喵喵了。

就連現在，牠也看著我像在說「要感謝我啊」。

我知道啦，我很感謝你喔。

我們用眼神對話。

二葉晴夏擔心地探看我的臉。

「累了嗎？」

這句話太突然，完全不知道她在問什麼。

「什麼？」

「因為你說你和別人說話會累，所以我想我是不是太多話了……」

我後悔著，果然該稍微選話說才對。

貓咪的喵喵會看氣氛，我卻不會看，這有點糟糕啊。

但是，我能看見謊言的，只有我喜歡上的人。

「不要緊——妳不要緊。」

聽到這句話後，二葉晴夏鬆了一口氣，露出笑容。

前一天的暴風雨像是一場夢，隔天已經放晴了。

接近五月底，我開始對強烈的日光感到困擾，屋頂上的陽光刺痛肌膚。

雖然置物櫃的屋簷突出，能稍微遮掩日光，但那沒什麼用。去年夏天，我差點中暑，還曬傷脫皮了三次，狼狽不堪。

下次帶休閒用的遮陽傘上來好了。雖然這樣想著，但那很大又不方便攜帶，還可能增加被老師發現的可能性，得多加思索。

到正式進入夏天前還有點時間，雖然能輕易想像出我會拖延到最後後悔，但現在還沒熱到需要真心煩惱。

而且對我來說，比起今年夏天，更遙遠的……畢業後的事情更讓我不安。

沒辦法永遠當高中生。也就是說，剩不到兩年，我就得離開這個地方。

我真的能到死都過著不見任何人、不和任何人說話、不喜歡上任何人的生活嗎？

「不知道有沒有辦法到無人島上自給自足啊。」

只有我和……喵喵的生活。如果心能毫無防備，肯定很開心。

之所以這樣想，是因為我後悔昨天和二葉晴夏搭話的事情。

不是她本身有問題，不管我希望或不希望，她總如暴風雨般突然出現，而且還避不開。

靠太近就危險了，得注意保持距離才行。

「咦？」

就在我下定決心的下一秒，二葉晴夏的身影闖入我的視線。

走在河堤上的她突然停下腳步，動也不動。她看著某個方向——下一刻，突然朝河岸奔跑。

先前也曾看過相同景象。

——該不會是緞帶又飛了吧？

就算是如此，這次應該不會再跑進河裡了吧，不會……

「白癡嗎！」

已經告訴她那條河的危險性了，我已經對她說過很危險了。知道這件事還跑進河裡，那就是她自己的責任了。和我沒關係，不管會不會發生意外，我都不要再更靠近她。

明明這樣想著，我的視線卻追著她跑。

她像在追什麼東西在水中走著，前方——有個紙箱。

紙箱裡有什麼？

從屋頂上看不見內容物。

昨天大雨過後，河川水面上升，流速比平常快上許多。

「可惡！」

我揮開制止自己的思緒，腳不聽使喚地衝出去。

雜草比四月時還高，阻擋我的去路，每一步都會踩出青草味。昨天大雨淋濕的土，好幾次絆住我的腳步。

我幹嘛做這種事？明明放著不管就好了啊。

腳好痠，呼吸急促，明明知道別靠近比較好，即使如此，我還是跑了出去。

衝下堤防，抵達河岸時，她抱著箱子站在河中央不知所措。

「二葉同學！馬上回來。」

她發抖著輕輕搖頭：

「不行，光站著都很難，腳一動，我就會被水流沖走。」

為什麼要走進去啊，明明都告訴她很危險了。

還來不及說出心中話，我已經走進河裡了。

水雖然還冷，卻沒冷到刺痛，反而是要抵抗水流走路比較恐怖。

平常只到膝蓋高度的水量，今天已經到我的大腿，水流比外表所見還要湍急。

我走到她身邊，對她伸出手：

「抓住我。」

她又輕輕搖頭：

「不行，辦不到。」

「妳在說什麼！再這樣下去很危險，放開那個箱子，伸手抓住我！」

「不要，我好不容易才救到牠的。」

「妳想被沖走嗎？」

「那也不要，但是，我絕不放開這個！」

讓人不耐煩，現在不是說那種話的時候吧。

我慢慢移動腳步縮短距離。

就算把箱子拍落，只要能抓住她的手……

我小心不讓她發現我的意圖，伸出手，但在碰到她的手之時——

「啊！」

二葉晴夏失去平衡。

我忘我地緊抱住她。

「抱住我的身體。」

「但是……」

「箱子我來拿啦！」

這次，她乖乖聽我的話了。

接著，兩個人邊喊口號，慢慢移動腳步。

雖然還是能感覺水流強勁，但因為重量增加，被沖走的恐懼也變淡了。

走到河岸後，二葉晴夏立刻往紙箱裡看。

「還好嗎？」

「妳先擔心妳自己吧，要是運氣差一點，妳就要跟那傢伙一起被沖走了耶！」

「我沒事，比起這個，牠好虛弱，是昨天就被丟掉了嗎？」

「比起這個……」

她完全沒聽我說，她的意識完全都在箱子裡——小貓身上。

「……誰知道啊。」

不知道是哪時被放在河岸上，似乎已經過一段時間了，小貓咪奄奄一息。

「但還真虧妳能發現耶。」

「走在河堤上時，我有聽到叫聲，一開始還以為聽錯，但箱子斜一邊的時候，稍微看到一點……」

她覺得，箱子原本應該放在河岸上，因為水面升高而被捲入河中了吧。

「這出生不到兩個月吧。」

「應該是。」

「為什麼要在這種時候丟掉啊。」

這種事問我也不知道。應該是要搬家，或是瞞著父母、房東偷養被發現了之類的理由吧。

不管怎樣，我們現在再怎麼想像，都沒有意義。

「動物醫院離這邊近嗎？」

「要稍微走一下，但不遠。」

「那你告訴我要怎麼去。」

用口頭說明，我也不認為這個路癡能不迷路抵達。

我看著躺在箱中的小貓，牠的胸口起伏，雖然偶爾會叫聲「咪」，但那聲音虛弱到讓人不安。

「妳打算救牠？」

「當然。」

「要是救活了，妳家能養？」

「這個……現在的房子是租的，所以已經說了不能養兩隻。當然，我會幫牠找飼主。」

她低下頭，看起來像我在欺負她，但我沒那個意思。雖然氣她跑進河裡，但她要怎麼處理貓咪是她的自由。

「如果找不到，牠可能就要送到衛生所去了，這樣還是要救嗎？我先說，我家也不行，我爸媽不喜歡動物。」

能養喵喵，是偶然和必然交疊的結果。

「說的……也是。」

她一瞬間抬起頭後又立刻低頭。

雖然有陽光，但浸溼的制服還是很冷，風吹來貼在肌膚上，讓人發寒。

「先回家換衣服比較好吧？」

「我覺得根本沒時間做那種事。」

「不管怎樣，我覺得牠都沒救了。」

二葉晴夏用力抬起頭，表情恐怖地逼近我：

「牠還活著！」

「但是非常虛弱，當然，這是妳的自由，不需要經過我的允許。只不過，每次看到野貓妳都要救，那可是沒完沒了啊。」

我還以為她會反駁，但她意外冷靜。

「你的話很正確，我也沒辦法救這世界上所有的棄貓，但是……我沒辦法看著眼前的喵咪有麻煩，卻不救牠。就算只是撐過這一刻，就算有人說我偽善，我都會出手，都想要救。」

我不知道她為什麼能如此斬釘截鐵，但從她毫不退讓的態度上，我感到堅定信念般的東西。

一身濕鑽過動物醫院大門，待在櫃檯後的院長夫人慌慌張張從櫃檯後走出來。

「怎麼了？今天沒有下雨吧。」

醫院的候診室裡沒有其他人，我們說明撿到貓時的狀況後，小貓立刻被帶到診療室去。

這期間，我借了毛巾，喝下夫人給我們的熱紅茶。但二葉晴夏始終哭喪著臉，裙襬還不斷滴水。

「我們也只能等待而已。」

「是這樣沒錯，但還是想做什麼……雖然什麼都做不到。」

「那，把自己擦乾吧？」

即使如此，她還是不聽我說，站在原地。

我把毛巾塞給她，她明明不是喵喵，卻讓我放不下。

「……如果想做些什麼，幫牠想名字吧？」

她雙眼露出驚訝看著我：

「名字？」

「不勉強妳啦……」

「對耶，我現在頂多只能做這種事。比起沒有名字，用名字叫牠，牠也可能會回應。」

二葉晴夏像是打起精神來了，用力擦拭裙子。

「名字有乃介是妳們家的習慣對吧？」

「嗯，但也要牠是男生啊。還不知道牠是男生還是女生，該怎麼辨才好呢。」

小貓的性別不好判定。我們在路上也看過了，但看不太出來。

獸醫應該判斷得出來吧。

「總之，先想男生的名字如何？照著妳們家的習慣。」

「這樣的話，已經有鈴乃介了，蘭乃介……倫乃介……嗯，蘭乃介好像比較好。啊，但第一隻貓是空乃介，也可以叫陸乃介、海乃介、土乃介……」

我也沒資格批評別人取名的品味，但要是放著不管，她的思緒似乎會無限拓展，往很荒謬的方向飛去。

「你有什麼提議？」

因為她問我，沒品味的我還是給個提議。

「蓮乃介呢？這樣一來，發音和鈴乃介同樣是ㄌ開頭，如果是女生，就改成蓮夏。」

「蓮乃介還能理解，蓮夏呢？」

「是從妳的……晴夏中取一個字來用而已。」

「啊……啊啊！很棒，嗯，非常棒耶！」

我沒想到她會如此誇獎。

願意贊同我的命名的，大概就只有她了吧。

接著她皺起眉頭，思考著要不要改成不同的漢字。

但在出現結論之前，我們先被叫到診療室裡。

熊田醫生表情嚴肅地等著我們。

他是從我開始養喵喵時，就一直相當照顧我的獸醫。還以為他如其名，長得跟熊一樣壯碩，實際上他身材苗條修長，比起白袍，他的氣質更適合穿西裝。雖然嘴上不饒人，但是個值得信賴的醫生。

「現在低體溫狀態持續中，要是再大一點還……」

我不敢聽「還」之後的說明，雖然已有覺悟，醫生的話還是讓人沉重。

「打算怎麼辦？」

醫生不是看二葉晴夏，而是看著我。

但決定權不在我身上。

「找到飼主前，她說她要養。」

「這也是個問題，但在那之前還有其他問題，坦白說狀況很嚴峻。你們剛剛才撿到牠吧？」

「對。」

醫生雙手環胸。

「你們也不是孩子了，所以我就明說，治療費不便宜。」

「是的。」

「對，你們已經大到可以理解這點了。另一方面，你們還只是高中生，最後要付治療費的還是你們的父母，考慮這點後，我就不得不問『打算要怎麼辦？』，哪種選項我都可以接受。如果不打算繼續治療下去，我就不收剛剛的診療費。」

「請繼續治療。」

二葉晴夏的回答沒有迷惘，但她緊握的拳頭微微顫抖。

大概不是第一次遇到這種狀況，醫生泰然以對。

「就算治下去，也很困難——我的意思是，救不活的可能性很高。那隻貓太虛弱了。」

「我明白。」

「錢要怎麼辦？牠是初診，檢查加上治療後，一萬圓也不夠。」

「沒問題，我付！但是我現在只有兩千圓左右……啊，我打電話給爸媽，請他們送過來。這樣也不行嗎？」

熊田醫生雙手環胸，「唉」地用力嘆一口氣，看著我露出苦笑：

「阿聖也找了個棘手的對象啊。」

「她只是同班同學啦。」

「什麼啊，是這樣嗎？看你對喵喵以外的人產生興趣，我還以為是這麼回事咧。」

如果我們有什麼讓人誤解的動作也就算了，只不過待在一起而已，為什麼大人們總會立刻曲解呢？

熊田先生明顯擺出無趣表情，伸出食指給我一個忠告：

「不管是情人還是同班同學，怎樣都行，但老實和頑固只有一線之隔。只要看我老婆，就能一目了然吧。」

旁邊有人踢醫生的小腿一腳，當然是夫人的傑作。

被踢後，醫生壓著小腿喊著「痛」。他們兩人互動的時機絕妙之極，能感覺出是為了緩和我們的情緒。

但這段時間，二葉晴夏笑也不笑，表情僵硬地抿緊嘴唇。

醫生先放棄：

「我明白了，我盡全力。」

她的表情頓時開朗。

覺得醫生真好，雖然現在不在這，我也覺得喵喵真好。因為我沒有辦法讓她露出笑容。

我稍微有點羨慕這個人和那隻貓。

因為要花時間檢查和治療，所以我們待在候診室裡。

出去打電話的二葉晴夏回到我身邊後，用著快哭出來的笑容說：

「跟媽媽說完後，被她罵笨蛋。」

「因為妳跑進河裡？」

這點我百分之百同意。

「啊，那我還沒說。對耶，那個應該會被念得更嚴重。」

「我想也是，但我覺得那被罵一罵比較好。」

關於這件事，我沒打算安慰她，倒不如說我還氣不夠。

「不是跑進河裡……那就是妳撿蓮乃介嗎？」

「嗯，因為這不是第一次了。」

我想也是，這是我最老實的感想。

我可以想像，她搬家來這之前，也做過好幾次相同事情的身影。也能想像每一次，她們母女間都會重複相同對話。

候診室裡播放著古典音樂，音量不會大到阻撓對話。

聽過但忘了曲名的鋼琴曲，輕柔地刻劃音符，填滿我們對話的空隙。

「養鈴乃介之前，有養一隻叫空乃介的貓咪。」

這是剛剛思考蓮乃介的名字時，她低喃過的名字。

「讓我確認一下，那隻貓……」

「因為身上的花紋很像雲，所以叫空乃介。」

「嗎？」

「就是這樣。」

她的命名果然沒有辜負我的期待。

「然後啊，我八歲時，空乃介在我家前面的路被車撞了。空乃介原本在曬太陽，不想要讓我抱，從我懷中逃走時被撞的。」

「……這樣啊。」

不知道該說什麼，我只能冷淡回應。

「不覺得八歲是個很不上不下的年齡嗎？」

「不上不下？」

「對，才慢慢開始理解一些事。這樣做會被大人罵，或是會被誇獎之類的。開始能分辨現實和非現實的年齡，對吧？」

「啊，嗯。」

關於這點，我也有記憶。

用個比喻解釋，幼稚園時，世界只有自己伸手可及的範圍，但升上小學後就會變大，不只自己伸手可及的範圍，連稍微遠一點，自己的可視範圍，也會成為自己的世界。

「空乃介死掉的時候，我對死亡已經有一定程度理解，所以也沒辦法覺得『牠去天上了』，但又不夠大到可以看開，一種從正面承受衝擊的感覺。」

我七歲時開始理解謊言，那也是開始看清一些事情的時期。

所以不難想像她想要說什麼。

「看見意外在眼前發生，我卻什麼都做不到，只能哭。媽媽告訴我牠死掉的時候，我還是一直哭。」

「這也沒有辦法，我們雖然十六歲了，但就像醫生說的，經濟方面還只能靠父母，我們也不是醫生，什麼都做不到。」

「這我知道。但是，現在的我已經比那時大，也能更清楚表達自己意思了。當然還是有依賴父母的部分……可是已經不是只會哭的小孩了，我討厭自己什麼都做不到。」

「……這樣啊。」

我果然還是只能說出冷淡回應。

但是，剛剛是不知該說什麼的「這樣啊」，現在則是覺得只能接納的「這樣啊」。

我覺得她的生活態度誠實且勇敢。

但她的行動伴隨著風險，不見得一定會成功，而且每次失敗時都會受傷。

我學不來。

但她即使知道河川很危險，還是會跑進去，發現虛弱的貓咪，還是會救牠吧。

音樂換了，從輕調鋼琴曲，變成快版管絃樂。

似乎也是首聽過的曲子，還是想不起曲名。這彷彿催促人的速度，用來轉換心情正剛好。

蓮乃介在醫院裡住了兩天後，離開這世界了。

我們這兩天放學後都直接到醫院去。就在快撐不下去時，醫生把蓮乃介抱出籠子，帶到我們面前。

蓮乃介一聲也沒叫，動也不動，靜靜嚥下最後一口氣。雖然沒看見牠痛苦的樣子是唯一的救贖，但或許牠連掙扎的力氣也沒有了吧。

即使如此，熊田醫生之後只對我一個人說：「比我想像撐得還久。」

當然，能活得比醫生想像的還久，除了醫生的處置得當，蓮乃介自己的生命力也是原因之一。

只不過，我也想著，就算用盡多少力氣，要消失的生命始終會消失吧。

這幾天接連放晴，河川水位下降，流速也變緩了。

時間已過下午四點半，太陽仍然很高。從屋頂上眺望的反射光從閃閃發亮慢慢接近閃亮耀眼，炫目程度非春天可比擬。

我和二葉晴夏背靠著置物櫃，呆呆望著河川。

她把光裸的雙腿直接放在粗糙水泥地上，雖然我想著小腿不會痛嗎？但她似乎哭了一晚的紅眼，看起來更痛。

「我到現在還是不知道到底是好是壞，也覺得如果一開始不救牠，牠可能可以更早解脫。」

二葉晴夏看著河川，一聲也不吭。

最後一刻，蓮乃介明明無法動彈了，還是很溫暖。胸口輕微的起伏和體溫，告訴我們牠還活著。但停止呼吸，漸漸變冷的身體，讓我感覺牠正從生物變成物品。

老實說，我沒有她那麼悲傷。除了早有覺悟牠應該救不活，也無法捨棄「果然應該要做其他選擇才對」的心情。

她從制服口袋拿出手機，打開一張照片。那是帶到醫院後，一瞬間看見希望時拍下的，眼睛睜開的蓮乃介。

「我也不知道哪個才正確。但或許蓮乃介也覺得，與其直接那樣死掉，只有一瞬間也好，可以感受溫暖比較好吧。」

我認為，那應該是人類的自私想法吧。

但真要這樣說，比起待在我身邊，喵喵或許更想要出去外面玩。實際上牠也曾離家出走過一次。

如果喵喵下次又再跑出去，不去找牠比較好吧，我如是思考這等做不到的事情。

「肯定，這樣就好了。」

不知為何，二葉晴夏的語氣充滿肯定。

「妳懂貓語嗎？」

明明打算開玩笑，我的聲音卻顫抖著。

她看著蓮乃介的照片。

「至少我就會這樣覺得，比起孤單一人，感覺有人在身邊，肯定比較幸福。」

原本想吐槽「妳前世是貓嗎？」但我放棄了。

因為再說下去，我就快要哭出來了。

沒有人能知道她的話是真是假，但我希望真是如她所言。

二葉晴夏站起身，靠在屋頂圍欄上，朝河川探出身子。

就算快掉下去，我也不會救人喔。

雖然這樣想，不到那一刻，我也不知道自己會有怎樣的行動。

她背著我說：

「取蓮乃介真是太好了。」

「嗯？」

「要是叫牠蓮夏，我就會想著牠曾經是我妹妹之類的，但一開始是叫牠蓮乃介。」

「啊……妳指那個啊。」

帶蓮乃介去找熊田醫生那天，她問醫生：「是男生還是女生？」

聽到醫生說是男生，她笑得很開心，但她心中可能希望牠是女生吧。

「妳想要妹妹嗎？」

她轉過身子，搖搖頭說：

「沒有，蓮乃介很好。」

看見這個，我想著「還沒有關係」。

因為從滿臉笑容的她身上，我沒有看見光芒。

制服從長袖換成短袖時，我的手機被喵喵和鈴乃介的照片侵蝕。

她在教室時，仍舊在非必要時不會和我說話，但開始頻繁到屋頂來。不過運動會的準備工作似乎很忙碌，她也來去匆匆，給我看完鈴乃介的影片後就離開。

接著，迎接運動會當天。

我把加油工作交給別人，比賽也只參加全體參加的百尺短跑，其他時間都在管理大型道具，整理障礙賽時使用的跨欄和網子。

那是只有需要道具時才會有人出現的地方，幾乎可以獨自待著，相當自在。

背後傳來踩在泥土上的沙沙聲。

「聖同學，終於找到你了！找你很久了耶。」

綁著藍色頭帶的二葉晴夏氣喘吁吁跑過來。

「我又沒有拜託妳找我。」

「這邊真涼爽。」

大概因為運動會吧，情緒高揚的她，根本沒聽我說話。

「除了體育館和校舍遮太陽之外，還有風嘛。」

「嗯，很舒服。啊～～我真想在這邊待一段時間。這件衣服比外表看起來還熱。」

那是件用亮面布料製作的藍色連身裙和白色圍裙，今年藍隊的概念似乎是愛麗絲夢遊仙境，但我不知道為什麼運動會會跟愛麗絲扯上關係。

滿臉通紅的她，拉起胸前衣服搧風。她應該沒有自覺吧，但我不知道該把眼睛擺哪裡。

「……什麼事？」

「對了，剛剛倉田同學在倒竿競賽項目中受傷，騎馬打仗的男生人數不夠了。」

「我不參加喔。」

「別這樣說嘛，拜託你！」

別以為只要雙手在臉前合十懇求，就能簡單說服男生啊。

「去拜託其他人。」

「其他人都參加很多競賽，已經分身乏術了啦。縣大賽逼近的人，也被嚴正警告絕對不能參賽了。」

「啊……」

籃球社、排球社和田徑社。不知道為什麼，我們班男生參加這些社團的人特別多，比賽就在下週了。所以各社團的顧問老師，早就已經警告大家，不可以參加受傷危險性高的競賽——也就是倒竿競賽和騎馬打仗。

「就算我出賽也不成戰力啊。」

「可以、可以，非常充足啦！」

「妳的根據在——哇啊！」

她抓起我的手臂開始奔跑，她比我想像的還有力氣，我被拖著跑，周遭的景色如流水般移動。

「我沒說我要去。」

「我下次請你吃冰啦！」

塵土飛揚，敲打大鼓和加油筒的聲音響起。紅、藍、黃、綠散落在操場上，她所在的地方無謂炎熱，無謂嘈雜。

我也要加入其中？

「還會加上巧克力啦！」

跑在前方的她突然繞到我身後，「咚」地推我的背。

發現我的同學們，用著「這傢伙也要參加嗎？」的視線看我。

「聖同學，加油喔！」

她的聲援成為信號了吧，騎馬打仗參加者集合的廣播響起。

我毫無拒絕的權利。

運動會以紅隊的勝利畫下句點。

藍隊是亞軍，應援團長流著淚舉辦解散儀式。

對不會自行採取行動的我來說，只覺得這與我無關，但負責製作服裝的二葉晴夏淚水流個不停。

放完補休後，一如往常的學校生活又開始了。

在教室裡時聽課，下課時間解題，午休時二葉晴夏會來找我，那時會稍微變得熱鬧點，但我還是靜靜地呼吸，等待時間流逝。早已想像過這種生活，我也不期待更多。

但正如水野阿姨所說，就算想維持現狀，偶爾也會出現無從抵抗的狀況。

從屋頂要回教室時，另一頭傳來的聲音讓我停下腳步。

「欸，晴夏，妳為什麼帶藤倉來參加騎馬打仗啊？」

沒想到會聽到自己的名字。雖然我想進教室，但我也沒厚臉皮到直接面對這種場面。

沒辦法，我只好站在走廊角落，隱藏自己。

「問我為什麼……」

「其他年級也找得到人參加，不找那傢伙來也無所謂吧。」

「或許是這樣吧……但聖同學除了全體參加的項目之外，全都沒有參加，我想他應該很有空吧。」

「那正是藤倉希望的吧，別勉強他加入啊。」

「我確實是有一點強硬吧……但我反過來問妳們，為什麼這麼討厭聖同學啊？」

「不是討厭，只是覺得很不爽他。一臉只有他自己住在不同世界的感覺，用著瞧不起的眼神看著我們。」

「是這樣嗎……」

「就是這樣。而且，妳應該不知道去年的藤倉，一年級時，班上發生皮夾失竊事件。雖然結果只是那個冒失笨蛋搞錯，自己收到別的地方去了，但在找到真相前，班上的氣氛超級差，當然大家都說沒有偷，所以我就說那大家打開自己書包。」

「然後呢？」

「然後啊，藤倉那傢伙，一臉恐怖地回瞪我，我又沒有把他當小偷看。」

這麼說來，確實有這回事。但是，我根本沒有瞪人的自覺，只是小二時的事情在我心中留下創傷，只要聽到失竊事件，我就會比平常更加神經質。

「不覺得既然不是兇手，馬上給人家看不就好了嗎？」

「是這樣沒錯……但聖同學心裡也有想法吧？有些人很在意私人領域，也可能是書包裡剛好放進不可以帶到學校的違禁品啊。」

「啊……該不會是男生不想給別人看見的東西吧？」

「藤倉嗎？其實他很悶騷之類的？」

「也可能是動漫周邊喔，其實他是個超級宅男之類的。」

「這些都還算好，那傢伙應該不是這類的吧。感覺是那種幾年後會出現在新聞上的氛圍啊。」

「該不會是很獵奇的那種吧？」

「喂！這樣說對聖同學太失禮了吧。」

二葉晴夏大喊。

休息時間喧鬧的走廊，一瞬間靜悄悄。

我從角落偷偷探頭看，只見女生們慌慌張張地安撫二葉晴夏。

她非常激動，說話速度比平常還快。

「我懂聖同學感覺讓人難以親近，但是，別自己胡亂想像。」

「……確實鬧過頭了，對不起。但妳為什麼要這麼袒護藤倉啊？」

我也很在意。雖然因為喵喵，我們多少親近很多，但她沒必要和要好的女生們對立也要袒護我。

「聖同學……」

二葉晴夏在此低下頭。

我吞吞口水，等待她下一句話。

「聖同學或許有會讓人誤解的部分，比起這個，他是個值得信任的人。」

「妳為什麼這麼想？」

「與其說是想……我也懂他為什麼想要避開人。但是，如果真的有誰遇到困難，他不會裝作沒看到，會確實伸出援手。」

二葉晴夏毫不猶豫地斷言，其他女生們困擾地面面相覷。

我害羞到真想要立刻離開這裡。

明明想逃，卻沒有辦法捨棄想聽她的話的心情。

「晴夏，妳該不會很早以前就認識藤倉之類的吧？」

「沒有喔。」

「即使如此還是相信他，所以是我們誤解藤倉囉？」

「沒有，不是這樣。我也有很多不知道的事情，我想他會和大家保持距離是有理由的。只不過……我只是想相信我知道的部分。」

「妳為什麼會想到那樣？妳該不會……喜歡藤倉？」

二葉晴夏「欸？」了一聲，不知所措地低頭。

這一刻，我邁開腳步。

「不想聽」她說出口的話的心情，戰勝了「想聽」的心情。

——為什麼要問那種問題啊？知道那種事情要幹嘛啊？

不管二葉晴夏喜歡我還是討厭我，我既不喜歡她，也無法「看見她的謊言」，這種事我很清楚。

但是，不管是「喜歡」還是「討厭」，我都害怕聽到。

傳訊息給二葉晴夏，雖然立刻變成已讀，但她沒有回。

大概是接受了吧，或許是現在沒時間回訊吧。

為了消解心中苦澀，我重新閱讀自己送出的訊息。

同時，我也搞不清楚自己的行動了。

真想要結束，就算她來搭話、跟我聯絡，我只要不理她就好，我卻主動傳訊息給她了。

和阿良、小光都是自然而然斷絕關係。但對二葉晴夏……

樓梯那傳來聲響。

她上氣不接下氣跑上屋頂，滿臉通紅大叫：

「『別再和我扯上關係了』是什麼意思啊？」

「沒什麼。」

「說『沒什麼』我怎麼會知道，告訴我理由。」

「這和妳沒有關係。」

「明明是和我之間的事情耶？」

「想和誰扯上關係，是我來決定。當然，妳想要和誰扯上關係，也是妳的自由。」

「怎麼這樣……為什麼這麼突然？」

「突然，啊……」

就算對二葉晴夏來說是突然，我可是一直恐懼著。因為要是繼續待在她身邊，我就會看見不需要看到的東西。

和她在一起的時間比我想像的還要開心，我一直拖延著做出結論，但已經到極限了。

校舍傳來午休結束的鐘聲，再過不久，就要開始上第五堂課了。

「可以讓我獨處嗎？」

「要開始上課了喔？」

「我要待在這。」

從屋頂眺望河川。一直以來都是這樣，今後也繼續下去就好了。

「你打算一直獨自一人下去嗎？」

「嗯。」

「將來，就算變成大人、變成老爺爺，你也要一個人嗎？」

「肯定是吧。」

「這樣不寂寞嗎？」

我沒有辦法說出「──嗯。」要是說完全不感到寂寞，那就是謊言。

即使如此，我還是要選擇獨活。

「我一直都是這樣，已經習慣了。」

「那是習慣的東西嗎？你為什麼想要獨自一人呢？」

因為那樣對我比較輕鬆。

但就算說出口，她也無法理解。

所以我反過來問她：

「為什麼大家都要和誰在一起呢？」

如果面有難色的二葉晴夏，有能說服我的答案，我也希望她告訴我。

第三章　妳與我　戀愛與謊言

按出自動鉛筆筆芯，打開數學課本。看著數字和文字的排列，內容卻完全無法進入我的腦海，讓我重讀好幾次。即使如此，我還是沒辦法將其化作能夠理解的語言，文字只是掠過我的腦袋。

充斥教室的聲音很吵鬧，讓我無比在意他們在說什麼。

升上二年級前，從不曾發生過這種事。

我知道原因。

抬起頭，就算不用找，我的眼睛也會捕捉到二葉晴夏的身影。

明明是我推開她，胸口深處卻煩躁不堪。

從那天起，我的手機沒再響過。當然，也沒收到鈴乃介的照片。

即使如此，我文件夾裡喵喵的照片仍持續增加。雖然沒人能寄，我每天早上還是會替牠拍照。

「二葉同學。」

有男生叫二葉晴夏名字，兩人開始說話。從我的座位聽不到對話內容，但我知道，他們聊得很開心，有說有笑。

——都念同班，起碼也會說話。

——他們在說什麼？

——他們兩人有什麼共同話題嗎？

就算在腦海中自言自語，也不可能找到正確答案，我從椅子站起身。

突然感到一股視線，我轉過頭，有人從稍遠處看著我。

大概是想牽制我吧，視線沒從我身上移開。

我再次坐下。就在我落座之時，那個人移動了。

那是質問二葉晴夏關於我的事情的同學。我不知道我離開後，女生們又說了些什麼話，雖然不知道，但偶爾感覺到的視線，讓我知道自己似乎被警戒著。

我再次看著數學課本，在腦袋裡反芻問題。

眼角瞄到二葉晴夏在自己位置坐下後，我開始寫算式。

把書包當枕頭躺在屋頂上，雖然水泥地睡起來不舒服，疲憊的大腦還是休息了。

明明是週六還來上課，上午考了三科模擬考。

高中入學考試明明不久前才結束，現在已經在聽老師要我們考慮大學入學考試了。雖然才六月，身為考生的三年級學生的眼神果然不同。

校舍那傳來金屬管樂器的聲音，大概是管樂社在練習吧。

「明明才剛考完模擬考，還真認真啊。」

因為建築物位置關係，從我所在的地點看不見操場，但田徑社和籃球社的人現在肯定正流著汗吧。

回家也沒事做的我，總在屋頂上滑手機，看看影片，搜尋食譜之類的。

但今天關機了。因為學會手機多餘的使用方法，那已經不再是先前那個會令我滿足的道具了。

躺在僵硬水泥地上的關係，背好痛，我坐起上半身抱膝。

今天太陽藏在雲後，河面沒有反射光線。

「啊……」

回家途中的二葉晴夏走在河堤上，再怎麼說也沒有要走進河川的樣子，但她和在教室裡說話的男生一起走著。

她在河堤上停下腳步，朝屋頂看過來。

——在看我？

這不可能，肯定是我想太多。

她又再次邁出腳步。

繼續看下去，感覺我會被懷疑是跟蹤狂，我又在水泥地躺下。

天空依舊布滿雲朵。

但雲朵隨風一點一滴移動，太陽開始露出身影。

「……好刺眼。」

只要閉上眼，就不再有任何東西，映入我的眼簾。

「喵～～」

黃褐色眼睛看著我，擺動尾巴。大概是想要裝可愛吧，牠滿臉笑意抬頭看我。

一看時鐘，時間才剛過中午。

啊，這是在催促沒有用的飼主啊。

「對不起，我忘了。現在馬上準備。」

「喵～～」

把看到一半的書朝下擺放，走下一樓，沒看見父母。

桌上擺著「我去公司」的紙條，以及午餐費的一千圓。

「今天要吃什麼口味呢？」

我把鰹魚、雞肉和鮪魚的罐頭擺在喵喵面前。

喵喵（感覺看起來）一臉認真地在罐頭前走來走去，湊上鼻子嗅聞著。

「還沒有打開，應該聞不到味道吧……」

喵喵裝作沒聽到我的聲音，繼續聞味道。

在紅色罐頭面前伸出下顎。

「好、好，今天要吃鮪魚啊。」

裝到盤子上後，喵喵狼吞虎嚥起來。

「好吃嗎？」

沒有回應。正確來說，似乎是牠忙著吃飯，所以搖了兩下尾巴當作回答。

「好閒喔……不，閒的人只有我啊。」

我也餓了，出門吃飯也麻煩，但要煮更麻煩。

打開冰箱，裡面雖然有肉和魚，但我不想從頭煮起。

「喵喵……那個那麼好吃嗎？」

罐頭上寫著「百分百使用嚴選鮪魚　產地急速調理　完美保留食材天然美味」。

雖然吃過貓用餅乾，貓罐頭還是未知的世界。但就算人吃了，也對人體沒有影響吧。

就在我盯著看時，喵喵露出讓我回想起貓和老虎同科的表情大叫「嗚喵！」。

「……不會跟你搶啦。」

「喵～～」

牠大概是在說「很好」吧。

我也沒餓死鬼到和貓搶罐頭，家裡也有人吃的罐頭。

但拿罐頭出來也很麻煩，所以我啃了買著放的吐司麵包，真沒味道。

「你還是分我一口……」

「嗚喵！」

這約定俗成的無聊互動，也讓我感謝喵喵。要是沒有喵喵，我真的是獨自一人。

我也曾經想過，要是能和大家一樣，和誰一起歡笑、一起玩樂，能過普通生活就好了，但我做不到。

從發現自己能看見喜歡的人的謊言後，遇見喵喵前。

雖然短短不到一個月，但我好寂寞、好寂寞，感覺獨自一人待在毀滅的地球上，相當害怕。

「要是沒有你，我不知道會怎樣啊。」

還在品嚐鮪魚的喵喵沒有回應。

這樣也沒關係，只要喵喵在我身邊就足夠了。

「那時，要是沒有叫你，又會變成怎樣呢……我們倆都是。」

我想起九年前，遇見喵喵時的事情。

◇

小一的聖誕節結束後，同學告訴我，聖誕老公公其實是父母假扮的。雖然班上同學幾乎都還相信有聖誕老公公，但有兄姊的人，比獨生子的我還早知道聖誕老公公的真面目，相當自豪地談論這個事實。

起先不敢相信，因為我覺得聖誕老公公絕對存在，實際上在那之前的聖誕節，二十五號早上，枕邊都擺著大禮物。

但同班同學，堅持著聖誕老公公就是父母。

所以二年級冬天時，我決定要確認這件事。

「聖今年想要拜託聖誕老公公送什麼禮物啊？」

現在想想，那應該就是在調查我想要什麼禮物吧。

那時，我心中某處還期望著同學說的是謊言。

期待著，聖誕老公公就住在外國某處，現在肯定正在準備要送禮物給世界上的孩子們。

但是，或許算矛盾吧，期待與「我要揭穿你們」的心情同存。

我用疑問句回覆父母的提問：

「聖誕老公公是爸爸和媽媽對不對？」

父母否認。

但在我面前說謊根本沒用，因為母親的身體在發光。

明明是自己開口試探，父母說謊這件事卻讓我大受打擊。

那時候，我老是做這種事。也就是說些試探父母的話，然後確認他們有沒有說謊。

那些謊言中，有如聖誕老公公的話題般，之後能當笑話看待的事情，也有直至今日仍無法釋懷的事情。

父親的女性問題、和親戚爭遺產的紛爭。不管如何巧妙矇騙，我都能看穿。

大人明明教孩子們「不可以說謊」，卻臉色不改地扯謊，看見他們，我就不知道到底該相信什麼才好。

所以，我總是很神經質。

說不想要聖誕節禮物，也拒絕蛋糕和聖誕樹。

即使如此，父母還是為我準備了炸雞和蛋糕，但我幾乎沒有吃。

聖誕節結束，街頭開始充斥新年裝飾時，我無處可去地到處遊蕩。

開始放年假的父母在家，但不用上學，我也沒朋友。

不想待在家裡，又無處可去的我，在下雪天裡，只是漫無目的地在外亂走。

那時，不知從何處傳來鳴叫聲。

路邊角落，一個裡頭擺著衣服，邊緣有點破裂的塑膠箱子中，有隻小貓。箱子上寫著「請帶牠回家」。

雖然沒有小到像剛出生，但我也知道牠不是成貓。之後聽熊田醫生說，牠大概出生四、五個月左右吧。

也不知道是因為正值年底繁忙之際，還是因為對棄貓沒興趣，過一段時間，還是沒人站在小貓前。

我孤單一人，小貓也是孤單一人。我把箱子裡的小小存在，和我自己重疊。

「你寂寞嗎？」

我也不知道牠聽不聽得懂人話，但小貓咪用著占據三分之一小臉的大眼，看著我鳴叫。

「喵～～」

聲音比現在還高、還細，但確實叫了「喵～～」。

我和生物的接觸經驗，只有餵學校裡養的兔子吃飼料，和稍微和隔壁養的貓玩過而已。我從來不曾向父母央求想養貓、狗，說起來也根本沒興趣。

但此時的我，無論如何都想把眼前的小生物帶回家。

「你要來我家嗎？」

小貓沒有叫，只是看著我的眼睛。

「……要和我在一起嗎？」

「喵～～」

聽在我耳裡，那是同意的聲音。

抱在懷裡的貓咪很溫暖，稍微升高我周遭的溫度。

「貓咪真的是喵喵叫呢。」

「喵～～」

話說回來，我家隔壁的貓咪似乎沒叫過「喵～～」，而是「嗚咪～～」或是「吶～～」之類的感覺。

所以才更讓我感到新鮮。

「那從今天開始，就叫你喵喵吧。」

在我懷中的小貓咪，雖然一瞬間「嗯？」地輕輕歪頭，之後像在表示「算了」，又叫了聲「喵～～」。

喵喵大概也想著，要是沒人撿該怎麼辦，所以乖乖待在我的懷中。

父母雖然沒積極贊成我養動物，大概是沒辦法拒絕抗拒一切的我的請求吧，以我要自己照顧為交換條件，同意讓我養貓。

喵喵沒生過什麼重病，健健康康成長。隨著成長，牠也越來越無法無天，態度變高傲，聲音也變低，但現在仍喵喵叫著待在我身邊。

在那之後，我只對喵喵說自己的真心話。

◇

「你以前也很可愛耶。」

「嗚喵！」

正在吃飯的喵喵反駁。

「……現在也很可愛啦。」

大概是接受了吧，牠又低頭吃飯。喵喵專注吃飯時的後腦勺很可愛，背脊彎曲的曲線很可愛，尾巴下垂的角度也很可愛。

有喵喵在，真的一點也不無聊。

只不過，雖然我不願想像，但貓的壽命比人類短。

「你要是願意變成貓怪就好了。」

大概覺得這是個無理要求吧，喵喵一動也不動。

但我是真心的。如果可以不和喵喵分開，就算是貓怪也無所謂。

在我認真煩惱的時候，喵喵還是忙著吃飯，盤中的食物也變少了。

看著喵喵的食慾，讓我發現再怎麼思考也沒用。

打開冰箱，裡面有八顆蛋。

「來做個煎蛋捲吧。」

前一陣子在網路上找到一個看起來很好吃的食譜。

拿出兩顆蛋，打在深盤子裡，加入牛奶、奶油，和少許提味用的顆粒雞粉。拿打蛋器出來也很麻煩，我直接用筷子攪拌。

無謂地不斷精進的家事技巧，或許會變成我往後拿來殺時間的事情吧。

等奶油在平底鍋上融化後，我倒入蛋液。等到「滋滋」的彈跳聲出現後，拿筷子攪拌。

我的腳邊傳來餐盤「哐啷」的聲音，喵喵似乎吃完飯了。

「沒你的份喔。」

我邊搖動平底鍋，邊為蛋捲整形。盛到白色盤子上，一旁擺上冰箱裡剩下的小番茄，就完成了有模有樣的東西。

「完成了，喵喵你看——咦？」

腳邊只剩下空盤，喵喵早就不見了。

「真是的，無情的傢伙。」

喵喵離開後的廚房好安靜，牠明明是隻安靜的貓，在與不在卻是天差地別。

獨自品嚐著煎蛋捲，這大概是目前最棒的一次成品，卻比乾燥無味的吐司麵包更難吃。

我吃完一半後，放下筷子。

腦海中浮現二葉晴夏說著「比起一個人吃，兩個人一起吃更好吃」的表情。

西邊已經進入梅雨季了，但梅雨鋒面還沒抵達我住的地方。

晴朗無雲的藍天，日照強烈的午後，二年級以綜合學習的名義，被迫在校外走著。那沒有遠到需要搭公車或電車，活動範圍就在學校半徑兩公里內。而且還是邊撿垃圾邊走過所有檢查點，集滿印章後再回學校，測量垃圾重量，比賽速度和重量的，不知道到底在幹嘛的活動。

今年第十六年舉辦，這稱不上是傳統，歷史不長不短的例行活動，因為天氣炎熱，幾乎所有人都沒幹勁。

即使如此，麻煩的是，有想要快點做完的人，也有專心致志，想要盡量撿多一點垃圾的認真學生。結果，各種心思混雜的學生隊伍，從起點開始大幅拉長。

接近第二個檢查點時，我前後沒有其他學生，只有坐在樹木陰影下的折疊椅上，不停點頭的老師而已。

「……吉樂老師。」

「嗯？啊、啊，對不起。」

老師條件反射性拿起印章。

他姑且還有正在工作的自覺啊。

「藤倉，你還是一如往常沒幹勁啊。」

「沒有老師誇張。」

「今天很熱啊。」

雖然有點沒對上，但終究是毫無意義的對話。

身穿T恤的吉樂老師，只要沒穿平常穿的白袍，就看不出來是教師。

「你一臉涼爽耶。」

這是因為我的脂肪比老師少啊。

大概是發現我的視線，老師拍拍自己肚子，發出大鼓般的「咚」聲。

「夏天逼近，啤酒也越來越好喝啊。」

「該不會到了冬天，你就要說天氣冷了就是要喝熱清酒吧？」

「不，就算冬天我還是愛喝啤酒。」

雖然覺得「那就和夏天沒關係啊」，反正這也是毫無意義的對話。

接過他蓋好章的卡片。

正當我朝下一個檢查點邁出腳步時，老師喊著「藤倉」叫住我。

「什麼事？」

「朋友……啊，你沒有啊。」

說出這完全無法想像出自教師口中的話，吉樂老師在小型保冷箱裡翻找。裡面滿滿罐裝飲料，讓我覺得該不會藏著讓老師肚子成長的原料吧。

老師說的是事實，我也老實承認：

「就是啊。」

「如果有人欺負你，要說啊，雖然我不知道能幫到哪裡。」

「我想應該沒有。」

「我知道，你的情況，是想要自己獨處吧。」

嚇我一跳。我從不曾和他單獨談話過，根本沒想過老師原來有在注意我。

老師不是拿出啤酒，而是拿出罐裝咖啡。

「你想要對我說，去交朋友比較好嗎？」

老師停下正打算開罐的動作。

「我也沒這樣說啊——但是，大多教師都會這樣說吧。」

「是啊。」

至今我所接觸過的大人們，每個人都說「要珍惜朋友」。當然，我也能理解他們如此建議的心情。

雖然記憶淡薄，我也有和朋友共度的開心回憶。

而比起這個，我更清楚和朋友在一起的窒息感。

「朋友這東西，又不是想交就能交到，有朋友有時也會有煩心的事，你開心就好了。只不過，至少例行活動時，和其他人一起走比較好吧？如此一來，這種麻煩事也能稍微樂在其中。」

——麻煩事……

當我無話可說時，吉樂老師打了個大哈欠。

「當老師的這樣可以嗎？」

「是不太好。」

「那應該不能……」

「只有你一個啊，你不說就沒人知道。拿去，」

他從保冷箱中拿出柳橙汁，扔給我。

「這是賄賂，收下吧。」

「就算不給我這種東西，我也不會說。」

「如果真的不想要，就給別人吧。二葉剛剛才過這個檢查點，你現在追還追得上吧？」

這個人到底知道多少啊？

他大概看過我和二葉晴夏在一起吧，或許猜測我們之間大概發生了什麼事——但他應該不知道，我們什麼事也沒發生，只是我主動遠離她而已。

「我和她沒什麼特……」

「她也自己一個喔。」

「一個？」

奇怪了。她們平常總是四個女生湊在一起，她應該不可能自己一個人吧。

後方有三個女生邊揮手，情緒莫名亢奮地走近。

「老師～～幫我們蓋章。」

她們後面又接著好幾組人，老師從椅子上站起身。

「我沒多到可以分給所有人，你快點去。」

「我又沒有說我想要……」

老師說著「快走、快走」，把我趕走。

就算繼續待在這裡，也不會有什麼有意義的對話。我朝下一個檢查點邁出腳步。

河堤上沒有遮掩，太陽直射。

原來如此。吉樂老師肯定每年都承受著這種日曬，然後把他的正常思考迴路燒壞了吧。

乾脆讓太陽的熱力也把我不需要的力量燒掉就好了。

當然，就算我如此期望，也不可能實現，我能做的，只有為了盡早回到校舍涼爽一下而加快腳步。

我加速了自己的腳步。

走在河堤上，聽見沙沙聲，河岸上的青草晃動著。

鳥或小動物嗎？曾聽過有人看過狸貓，也曾聽過有蛇出沒。

雖然想著「希望不是蛇啊」，但想看恐怖東西的好奇心勝出了。

我聚精凝神，看見草叢中有學校規定的藍色運動服。

「欸……二葉同學？」

大概是聽見我喊她，藍色運動服從草叢陰影後出現。抬頭看著河堤方向，她笑著回我：

「啊，果然是聖同學。」

我明明說了那種話，她為什麼還能朝我露出笑容呢？

雖然忍不住喊她，但我不知道該說什麼好。但是，也不能逃跑。

想要消除尷尬，結果不小心說出挖苦話：

「妳又要跑進河裡嗎？」

這只會讓氣氛更尷尬啊。

「我今天才沒有要跑進河裡……只是從河堤上跌下來而已。」

她沒有生氣。

只是像個被罵的孩子，在鬧彆扭。

「跌下去，為什麼……今天視線明明很好耶。」

如果是發布大雨暴風警報那天般的壞天氣也就算了，無法理解為什麼正常走動會從河堤上跌下去。

「請帶牠回家。」

「……什麼？」

「看到有張紙卡在草叢中，我想說是什麼，探出身體去看，就跌下來了。然後啊，這或許就是蓮乃介的……」

「蓮乃介？」

「嗯，可能是偶然吧。」

我聽不見她說什麼。說起來，站在河堤上下對話，聲音太小根本聽不到。我走下斜坡，坐在河岸上的她遞給我一張破破爛爛的紙。

「這個……你怎麼想？」

紙上用馬克筆寫著「貓寶寶，請帶牠回家，對不起」。

大概是小學低年級左右寫的字吧，幾乎全是注音，大小也不一。但是能充分理解他想要說什麼。

「難說啊，也可能是別的地方飛過來的，就算這張紙是蓮乃介的東西，為什麼要在暴風雨那天……」

不，也可能是前一天。看著紙張濕掉又曬乾的痕跡，這樣想或許比較自然。撿到貓咪帶回家，懇求父母讓自己養貓，但遭到反對，所以只能再把貓咪丟掉，然後暴風雨來了。

雖然全都是臆測，如果是這樣，就表示二葉晴夏的選擇是正確的。

「……整個紙箱都不見了，他應該放心了吧。」

「什麼？」

「把貓丟在這邊的小孩，應該在暴風雨過後有來看過吧。」

她發出「喔～～」的愚蠢叫聲。

「怎樣啦。」

「沒什麼，沒想到聖同學竟然想像到那樣……我有點意外。」

「不行嗎？」

「沒有不行喔。我也很抱歉把你捲進來，所以你能這樣想，我很高興——謝謝你。」

當面道謝讓我感到害羞。

「我先走了。」

「欸～～別丟下我啦。我跌下來的時候腳有點扭到，又沒有手機，不知道如何是好時，聽到你叫我，你在我眼中都成了救世主了。」

「這只是妳單方面的見解。」

「別這樣說啦，幫我。」

「……我去幫妳叫老師來吧？」

今天的活動沒允許我們帶手機，當然，不遵守規定的人占多數，我和她似乎是少數派。

雖然不太可靠，但吉樂老師就在附近。老師肯定有帶手機供緊急聯絡用。

「不用啦，沒那麼嚴重，平地應該沒問題。只不過，坡道有點吃力。」

河堤到河岸的斜坡確實相當陡峭，雖然繞遠路就有樓梯，但那也很不舒服吧。

「平常和妳在一起那三個人呢？」

「嗯～～一個人感冒缺席，一個人才剛開始就被垃圾割到手去醫院了，另一個是環境美化委員，所以本來就要早早過關去幫老師，一開始就分開行動了。」

「真是完美地全拆散了耶。」

「就是啊，明明是難得的活動耶。」

有人覺得「難得」讓我嚇一跳，連老師都直言「麻煩」的活動，試著想樂在其中真是太厲害了。

「我原本想在有人經過時求救，然後——」

「我就喊妳了……啊。」

「沒錯！發現我的是你真是太好了。」

「欸？」

——是我真是太好了？

困惑的我跟不上她的思緒，她繼續說：

「所以，可以幫我嗎？然後如果你願意幫我拿東西就幫大忙了。」

「這個嘛……」

當我不知該如何回答時，二葉晴夏雙手合十對我說：「真的很對不起，拜託你這種事。」

看來，她似乎是誤會我不太想要幫她了。

但我是對她說「是我真是太好了」這句話感到困惑。

因為是我單方面宣言，要她別再和我扯上關係，就算她生氣也不奇怪啊……

「走回河堤就好了，拜託。」

「啊、嗯……啊，不是，這是沒問題。」

不知道該說什麼的我，逼不得已，只好遞出手上的果汁。

「給妳。」

「為什麼？」

「我不喜歡。」

「騙人！啊。」

她摀住自己的嘴巴。

「你說過你不會說謊了，對吧。」

「……是啊。」

「但你也說過，你沒有討厭到無法入口的東西，對吧？」

為什麼女孩子（雖然我不知道水野阿姨可不可以擺在女孩子的分類裡）總會記得這些無關緊要的事呢？

雖然我還不成熟，沒資格談論男女差異，但似乎看到那永遠無法弭平的鴻溝了。

「我說過。但是，雖然沒有討厭到無法入口，也有不願意主動吃的東西吧。」

「有、有，雖然不太想吃，也想著『算了，吃了也沒差』之類的？」

「就是那種感覺，對我來說柳橙汁就是這類。」

我沒有說謊，雖然我喜歡柳橙，但真的不喜歡罐裝柳橙汁。

「這我能理解，但你又為什麼帶著不喜歡的柳橙汁呢？」

這麼說來，其他學生應該沒有收到。

才剛想著「供出老師是不是不好啊？」兩秒鐘，我就立刻改變想法，沒必要為那個人留情面。

「因為是吉樂老師給我的。」

「為什麼？」

不是「不能說明」，而是無關緊要到連說明都嫌麻煩。

「這點就不需要多想了。」

我說著「拿去」遞出去後，她說著「那我就不客氣了」收下柳橙汁。

因為從保冷箱拿出來一陣子了，罐子濕淋淋的。

「但真的很罕見耶，竟然有人討厭柳橙汁，啊……那你其實不喜歡加橘子皮的巧克力嗎？」

「如果不喜歡，我當時就會說了。」

「這麼說也是。」她接受我的說詞後，大概很渴吧，打開拉環後，一口氣喝下去。

全喝完後，她「噗哈～～」一聲，用手擦嘴。這豪邁的模樣，比起柳橙汁，更適合在喝啤酒時出現吧。

「妳很有當大叔的資質喔，或許和吉樂老師很合得來。」

「欸～～那再怎麼說也太討厭了吧，而且我也不會變大嬸，永遠都是高中女生。」

「不可能，不管是誰，只要變老就會變大叔、大嬸。」

「我不會變老。」

有夠胡來，根本沒那種人。

但是，我看不出她在說謊。

但說起來，不知道是她在開玩笑、還是真心覺得自己不會變老，或者是，我還沒有喜歡上她……

雖然是我自己的事情，但我也搞不清楚能不能看見謊言的界線。

我也想著，要是心中有條計量表，能告訴我「超過百分之八十就能看見謊言唷」，或是告訴我「只剩百分之五就能看見謊言了喔」就好了。

「喔……」

「怎麼了嗎？身體不舒服嗎？」

「沒有。比起這個，繼續待在這也沒完沒了，差不多該走了。」

我伸出手，二葉晴夏毫不猶豫地抓住我的手。

掌心感到她的體溫，我的體溫一口氣上升。

不知道我心情的她，一臉泰然自若。

「可以把這個罐子當成我撿到的垃圾嗎？」

「我覺得可以啦，但妳的腳還能繼續嗎？」

「慢慢走就沒問題。」

「說妳受傷就可以蹺掉喔，而且還可以坐老師的車直達終點。」

「欸~~為什麼要蹺掉啊？很開心啊，難得有機會可以和你一起走耶。」

心臟漏跳一拍。

這感覺不壞。不，心情有點好。

但也不能開心到飄飄然。因為我有自覺，她對我來說是個危險的存在。

即使如此，我還是不想放手。

所以我祈禱，祈禱著「拜託別讓我看見她說謊」。

斷訊的訊息，那天晚上也由二葉晴夏再次重啟。

因為我煩惱著到底可不可以傳，所以在鬆了一口氣的同時，也有種輸掉的感覺，有點不甘心。

但是，開心的比例更大。

她傳送的訊息，是一如往常讓人莞爾一笑的鈴乃介照片，還有到目前為止不曾說過的話。像是昨天看的電視節目的感想、學校裡討厭老師的事情、針對新發售的巧克力的詳細說明之類的。

基本上都是無關緊要的內容，但有種距離拉近的感覺。

她傳來的眼下的煩惱，似乎是零食的消耗量與成正比的體重。

「我也知道我吃太多零食了啊」

雖然不覺得她需要減肥，但就連我也知道女生一年到頭都在意著「變胖了」、「變瘦了」，所以也不太驚訝。

只不過，一般來說，這些都是女生間的話題吧，她是想要尋求我什麼意見呢？

再怎麼思考也不可能有答案，煩惱超過三十分鐘後，結果我只能傳送如我所想的內容。

「既然覺得吃太多，那要不要戒掉？」
送出後立刻收到回訊。
「等巧克力從這個世界上消失再說」
怎麼可能發生這種事，而且之後又立刻傳來：
「今天也買了啊」
「蔓越莓巧克力」
還附上包裝照片。
不想少吃，又想瘦，那答案只有一個了。
「去運動如何？」
「果然只有這個方法了啊。你覺得羽毛球、網球和桌球哪個好？」
為什麼要讓我選？
我邊想邊回答。
「網球應該跑最多吧？球場也很大」
「好，你有球拍嗎？」
「為什麼要問我有沒有球拍……」

打到這裡，我送出前發現了。

二葉晴夏轉來後立刻融入大家，不論男女都會和她說話，她也擅長與人相處。感覺成績也不錯，就像講義丟掉那時一樣，聰明到可以從一點線索推理出真相。

但偶爾話題會突然跳很遠，我邊笑邊回訊：

「沒有耶，妳借我吧」

隔天放學後，我們前往距學校兩站遠的市民球場。

因為是平日傍晚，追著球跑的大多都是社團活動的國、高中生，和在學校操場裡一樣，「別在意，下一分沒問題！」、「先拿下一分！」的呼聲交錯。

我們兩人就在一旁，和貓咪玩球沒兩樣地玩球。

正確來說，她似乎有點經驗，所以能把球打進球場中。但我完全是初學者，幾乎無法連續對打，球多往無可預測的方向飛。

打了一小時左右，我們離開球場。

一到觀賽席時，二葉晴夏累癱了坐在椅子上。

「對不起，都是因為我，害妳一直跑。」

「不要緊，那是原本的目的啊，別道歉。只是我最近很容易累，老了嗎？」

調整氣息一會兒後，她反倒寶特瓶，喝起運動飲料。或許是錯覺吧，她煩惱著要不要再買一瓶的側臉，感覺比春天時消瘦。她果然不需要減肥。

「很累但很開心，最近好久沒打網球了。」

「妳在前一間學校該不會是網球社的吧？」

「怎麼可能，如果是那樣，應該會打更棒吧。我只是陪爸媽打而已。」

「爸媽打網球？」

「嗯，他們說是因為網球才開始交往的。現在還會兩個人一起去球場喔。」

「……感情真好呢。」

天邊留著一點紅，但已經暗到難以追球跑，球場燈打開了。

燈光照射下的球場中，小學男生和大人在對打。

「那個小朋友打得真棒呢。」

她似乎也看著同一個男生。

「嗯，小三左右吧。」

「大概是。他將來的夢想該不會是網球選手吧。」

往右、往左、往前、往後。小小的身體在我覺得寬廣的球場中躍動著。

大概是不如他所意吧，偶爾會發出不甘心的聲音。但少年不灰心，又再次追著球跑。

「大概是上小學左右吧，我很想要當獸醫。」

「現在要以職業網球員為目標或許有點困難，但要放棄當獸醫還太早吧？」

「或許是這樣吧，但空乃介的事情過後，我覺得我沒辦法。雖然成績很勉強也是原因之一啦。」

她苦笑著，加了一句「現在已經不想了喔」。

「你呢？小時候有想要當什麼嗎？」

自從逃避與人相處以來，我已經沒辦法想像未來了。但在那之前，我也曾稍微有過作夢的時期。

「很小的時候有。」

「什麼呢？」

真的是年紀很小時的夢想，現在說出口都覺得羞恥。

「呃，那個……」

「小時候的夢想對吧？我不問你現在的夢想，所以告訴我啦。」

她眼睛閃閃發亮，等著我開口。

感覺好像喵喵在催促我，令我不禁回應了她的期待。

「……戰隊英雄。」

想笑就笑吧。

我看開了，沒想到她竟然繼續問：「哪個顏色？」

「藍色……」

「生日或聖誕節時，有要求變身玩具當禮物嗎？」

「……有。」

「這樣啊，原來聖少年想要當正義的夥伴啊。」

「妳不笑嗎？」

「為什麼要笑？拯救世界的英雄很帥氣啊。而且，要笑的話，我的比較好笑喔。幼稚園時，我的夢想是長大後要當貓咪或是兔子呢。」

「根本不是人了。」

「戰隊英雄也是一樣吧。」

她嘟起嘴。

「妳呢？」

「我說了啊，貓咪或是兔子。」

「不是以前，是現在的夢想。」

她回到平常的表情，手托著下顎，看著遠方瞇起眼：

「雖然很模糊，但我想要做和零食有關的工作。」

「甜點師嗎？」

「不是，跟師傅又有點不一樣，研究或是開發類的。像是高溫也不會融化的巧克力、吃了也不會變胖的零食之類的。」

真有她的風格，感覺比警察更適合她。

她也遵守約定，沒有問我現在的夢想。

說起來，就算她問，我也無法回答。硬要說的話，我想要做能讓我一人獨活的工作。只要能做到這點，什麼工作都好。

還有另一個願望，希望可以跨越那個對女生來說很容易，對男生來說卻超越十層樓的高牆。但，感覺相當難以實現。

不，我覺得——是不能實現。

契機是二葉晴夏傳來一張，用手機軟體把鈴乃介的耳朵拍成世界最有名的老鼠般的圓耳朵照片。

我吐槽她「明明是貓咪，變成老鼠有點不太對吧」後，話題漸漸扯遠，她附上照片，開始說起那個到處都是卡通人物的主題樂園有多好玩。

從沒去過的我，給不出機伶評論，那天的對話就那樣結束了，但在隔天。

吃完午餐後，她跑來屋頂的第一句話就是「真的一次也沒去過嗎」，問完後還上氣不接下氣。

「沒有。」

「雖然我不是懷疑你……只是有點難以置信。」

她用看瀕臨絕種動物的眼神看著我後，如選舉前一天的候選人一般極力主張：

「絕對要去一次比較好！這是國民義務。」

哪來的國民義務啊──雖然這樣想，我也知道反駁只是白費工夫。

就算是沒朋友的我，放完長假後，也會聽到班上絕對會有幾個人去玩的事情，也見過好幾次裝著紀念品的卡通人物塑膠袋飛來飛去的景象。

當然，只要有活動，電視臺就會有特別節目，雖然從沒去過，我也看過城堡點燈的模樣。

「就算這樣說……那裡給我很擁擠的印象啊。」

「嗯，雖然因時期有所不同，但我去的時候，熱門遊戲要排一百八十分鐘左右吧。就連買個爆米花，也可能要排超過六十分鐘。但很好玩喔。」

「我不知道妳現在說的有哪裡好玩……話說回來，為什麼要說一百八十分鐘啊？一般來說會講三小時吧？」

「這麼說也是耶，但園內都顯示分鐘而非小時啊，雖然我沒遇過，聽說最高紀錄等到五百分鐘呢。」

「五百……八小時以上？」

把隨隨便便就能搭飛機到國外的時間，只用來排隊，日本人還真厲害啊，我有種是不同國家國民的感覺。

就連直說「國民義務」的二葉晴夏，也不能不承認這一點。

「確實是很長啊，有人因為這樣而吵架也是事實。不僅情侶，連朋友也是，我也看過彼此意見不合而心情煩躁的狀況。廁所要排隊也不罕見喔。」

「那真的會吵架。」

「但很有趣喔。」

「或許是吧，但聽到那種事情，對沒去過的我來說，難度太高了，感覺永遠沒機會去吧。」

我不耐煩說完後，她突然抱著頭。

「啊～～我錯了～～」

「什麼？」

「說話的順序錯了啦，先說了討厭的事情後，你怎麼可能會想去嘛，我做了什麼啊～～」

我不知道她為什麼要如此後悔，抱頭一段時間後，她脫口而出：

「我有票，兩張票。」

據她所說，親戚給了她兩張給股東的優待券。

她一開始是想邀朋友一起去，但昨天知道我從來沒去過的那一刻，不知道為什麼，湧起了「得帶他去才行」的奇妙使命感。

「雖然一整年有效，但期限只到這個月。親戚……我姑姑是股東，原本一直想著要去，但家人的時間兜不攏，再拖下去就要浪費了，所以就給我了。」

「原來如此。」

「啊，但是！我之所以加工鈴乃介的照片，不是為了要提這件事情喔，只是因為找到有趣的軟體……」

二葉晴夏由下而上看著我的臉。

沒有說謊……吧。

她拚命的樣子，和討飯吃的喵喵神似，我覺得好可愛。

「平常都那麼多人嗎？」

「只要選好日子，也是可以很少人……還是不想去嗎？」

「不想要排三小時，但我有興趣喔。」

「真的嗎？別勉強喔，大概問一下就會有人想去，就算沒人想去我也可以自己去，不想就拒絕喔。」

只要覺得自己太強硬，就會退縮。
她大概真的沒有想勉強我的意思。
我覺得她純粹因為自己很開心，所以想邀我同樂。
但她的期待，是因為對老鼠的愛嗎，還是對我……
雖然不覺得她討厭我，也無法相信她喜歡我。沒有經驗的我無從判斷起。
「沒有不想去喔。」
「也沒有勉強？」
「嗯，妳都說去玩是國民義務了，我也想著至少要去個一次。」
她的臉瞬間開朗。
感覺只要和她在一起，肯定連排隊時間都能樂在其中。
就算知道開心的背後有危險，我也已經無法不伸手了。

至今已經去超過十次的她說「其實很想要平日去」，很可惜，六月的平日都要上課，我們只有週末能選。

搭乘無法沉睡的深夜巴士，雖然疲憊尚存，但抵達目的地後，二葉晴夏心情興奮的樣子，我從來沒在學校見過。

「天氣預報似乎會下雨，是晴天真是太好了，而且人比想像的還少。」

明明還沒開園，卻早已大排長龍，她竟然說這算少人。

我太天真了。還想著巴士清晨就抵達，大概空無一人吧，沒想到停車場已有好幾輛車，和我們一樣半夜從全國各地前來的人們，睡眼惺忪地等待開園。

她攤開用舊的地圖，開始重新思考計畫。

「你有什麼想法嗎？絕對要搭這個，或是哪個絕對沒辦法搭。還有是想要以看表演為中心，或想要玩完所有刺激遊戲之類的。」

「我沒有懼高症，也不怕黑……倒不如說，可以的話，我全都想玩。可能再也沒第二次機會了。」

「你太誇張了，要是覺得好玩，下次再來就好了啊。」

「……妳說的對。但我不知道該怎麼繞才好。」

「這就交給我！那我們邊有效率地玩需要排上一段時間的遊樂設施，順便把小遊戲玩一玩吧。你路上要是看到有興趣的，要跟我說喔。」

入園後，我像個小小孩緊跟在二葉晴夏身後走。

第一印象是，在電視上看過的地方。

有穿著角色服裝的小朋友，也有戴著相同髮箍，和我們差不多年齡的女生團體。

被這幅景象與她影響，我也跟著興奮起來了。

經過聽說很熱門的遊樂設施旁邊時，已經看見告示牌上寫著得等待七十分鐘了。

「啊，真的是用分鐘表示耶。」

「看那種東西有趣嗎？」

「與其說有趣……實際看到後，就會有種『真的到這裡來了耶』的深刻感慨。」

「這樣的話，園內四處都可以看見喔。」

「也沒到那樣啦……」

二葉晴夏很愛說話。眼睛所及的感想、針對卡通人物的考察，還有以前來時發生過的意外狀況等等，讓第一次來的我聽得哈哈大笑，一點也不膩。

雖然是週日，可能是天氣預報不太好，人數似乎比想像的還要少，完全如她的計畫進行。

脖子上掛著爆米花桶和卡通人物一起拍照、搭乘排了一百二十分鐘的刺激遊戲、跟著一群小朋友們遊覽童話故事的世界，也搭了旋轉木馬和咖啡杯。

遊行的時間接近時，她說著有個不為人知的好地方，直直往前走。

園內的地圖似乎早在她腦海裡，腳步沒有絲毫猶豫，平常是路癡的她，現在非常可靠。

「聖同學，快一點！」

她用力拉我的手。

「不用趕也沒關係吧。」

「我想要讓你在最好的地方看！累了嗎？」

轉過頭來看我的她好可愛。

糟糕，已經無法壓抑了。

但是也想著，橋到船頭自然直。

「很開心喔。」

——晴夏。

雖然無法說出口，我在心中呼喊她的名字。

我有自覺，我喜歡她。

夕陽西下之際，開始飄雨。

她抬頭看天空的側臉，充滿遺憾。

「果然還是贏不了天氣預報啊。」

「是啊，但白天可以玩那麼開心，已經很幸運了。」

因為天候惡化，園內的人口密度驟降，白天的喧囂聲也變小了。但這世界的夜晚充滿色彩繽紛的光線，讓人不覺得寂寞。

比從屋頂上看見的閃亮河面耀眼好幾倍。

「好漂亮。」

「點燈後也很棒對吧，我覺得一定要在這裡待上一整天比較好，白天和晚上的景色完全不同。」

她應該非常喜歡這裡吧。

「你想看夜間遊行，還是想去玩遊戲？看這種雨勢，遊行應該會變成雨天限定版本喔。」

「雨天限定？」

「對。這又有種特別的感覺，很有趣喔。當然，如果還想幹嘛要說喔，剩下的時間都聽你的意願。」

時間剛過晚上七點。

明天還要上學，所以我們只能再待一小時，彼此都知道不能錯過最後一班車。只是，在這裡待到最後一刻，回到家就已經過午夜了。

「真的可以隨我高興嗎？」

「當然，想去哪？」

「那……回家吧。」

「欸？已經要回家了？」

「嗯。……但如果妳還想要玩，我們就待到最後吧。」

真討厭自己，為什麼想要試探她啊？

但是，不管再怎麼誠實，這世界上絕對不存在不說謊的人。

我邊在心中說著「對不起」，看著她。她頭低到能看見她的髮旋，看不見她的表情。

只有我們倆的空間靜悄悄，小孩的興奮喧鬧、情侶們的開心對話，都如背景音樂般流逝。

她終於抬起頭。

超乎我預料，她露出與天氣相反，毫無陰霾的表情點點頭：

「好，明天也要上課嘛。」

我眨了兩次眼。

「真的可以嗎？妳應該還意猶未盡吧……」

「沒關係，我已經玩夠了。而且我也說要聽你的意見啊。」

在閃耀的人工光線中，她的身體沒有發光。

我打從心底覺得自己是人渣。

我「可以看見喜歡的人的謊言」是我自己的問題，我卻只想讓自己安心——對不起。

就算開口道歉，也只會讓她困擾。告訴她實話，她會更困擾。因為只要繼續和我在一起，她就會一直在意著不能說謊。

我再次在心中道歉。

「那，回家吧。」

晴夏率先邁步朝車站前進。

我追上她，和她並排走著時，她說了：「好開心喔。」

「我也很開心。」

「真的嗎？沒有覺得好累，再也不想來了嗎？」

「不覺得。如果可以的話……還想再來。」

「太好了，那，我們再一起來吧。」

這不是社交辭令。

我能相信，這是她的真心話。

聽見比往年晚的，宣布進入梅雨季的消息時那天，沒收到二葉晴夏每天早上都會傳送的鈴乃介照片。

——是睡過頭了嗎？

週一早上也可能發生這種事吧。

雖然這樣想著，但第一堂課結束後、第二堂課結束後，她都還沒出現在教室裡。

我平常沒有想聯絡的對象，也沒有想要隨時確認的網站，所以不曾在屋頂以外的地方用手機。

但是只有這天，我無法等到午休時間，在第二堂課和第三堂課間的休息時間裡，傳訊息給她。

「今天怎麼了？」

休息時間裡，沒收到回訊。

不僅如此，到放學為止，都沒有變成已讀。

我往前看之前的對話。

因為不安著，我之前是不是說了什麼讓她生氣啊。

一如往常，週六、日以交換鈴乃介和喵喵的照片為主，再來就只有無聊透頂的對話。

聽著打在傘上的雨聲走回家，在玄關脫鞋時，手機響了。

「生病了……」

接連收到好幾個戴口罩的貼圖。

「保重啊，好好休息」

我回信後顯示已讀，但沒回訊。

睡了嗎？

雖然擔心，也不想在她不舒服時造成她的負擔，我也沒繼續傳訊。

隔天早上也沒有收到她的訊息。

不安的我，傳了喵喵吃早餐的照片和一句「早安」。

她立刻回傳了鈴乃介的照片和「早安」。

「今天有辦法上學嗎？」

「感覺不行」

「那，好好睡覺吧」

「謝謝」

短短對話，僅僅一分鐘就結束了。

一到學校，唯一空著的位置映入眼簾。

一年級時，我根本沒在意過誰請假。但現在，僅僅一個空位，就讓我的校園生活變得無趣。

在梅雨停歇的晴天邀約下，午休時到屋頂去，但河川因為前一天的雨變得混濁。

傳了「感冒還好嗎？」給她。

但是，等了一會兒沒變已讀，當然也沒有回訊。

因前一天雨水濕濘的道路、濕度與強烈日照帶來的不快包覆著身體，我走在回家路上。

邊喝蘋果汁邊打開手機，雖然在回家路上已經確認過無數次，我也知道了，但她還是沒有回訊息。

我打開櫃子拿出罐子，拿出一片海苔後，喵喵不知何時現身了。

「要吃嗎？」

不知是偶然還是回答，喵喵的頭動了一下。

把海苔放在盤子上，牠一臉美味地大口咀嚼起來。

「最近都沒有給你吃啊～～」

「喵～～」

覺得牠有點生氣應該不是錯覺，牠的叫聲帶著些微恨意。

「對不起，我並不是忘記你啦。」

但是，因為和她聊天太開心，減少和喵喵在一起的時間也是事實。

喵喵很可愛，不管再怎麼喜歡牠，也看不見牠的謊言，讓我安心。

但沒辦法和牠有人類之間的對話，偶爾讓我感到不滿足。

和二葉晴夏說話後，我發現自己渴望與人相處。

「前一陣子啊，我和她一起出門了。」

我蹲下身，拿出在樂園裡拍的照片給喵喵看。比起照片，牠更專注在海苔上，看也不看手機一眼。

即使如此，我還是繼續說下去。

「我第一次搭超刺激的遊樂設施，下來時，腳抖個不停呢。小時候，因為身高不夠不能搭，到了十六歲才第一次體驗啊。」

小學五、六年級時，父母曾帶我到遊樂園去玩。

那時，父母的感情漸漸降溫，待在毫無對話的兩人之間，讓我很尷尬。

「是我的錯吧。」

我突然不說話後，母親帶著我到好幾家醫院去。一開始是小兒科，接著是耳鼻喉科，還去過神經外科。但我的身體機能沒任何異常，最後帶我到身心科去。也和校園諮商師談過，也去和身心科介紹的心理諮商師聊過。

但說起來，不管再怎麼檢查，都不可能有能套用在我身上的普通病名。上課時老師問我問題我也會回答，有必要時也能在人前發表，所以專家們的判斷為「沒有異常」。

即使這樣還是不說話的兒子，父母應該無法理解吧。

我把水盆推向前。

「多少喝點水啊，會黏在喉嚨上喔。」

喵喵湊上去喝水，衝勁大到我以為牠要把臉埋進水盆裡了。接著又立刻大口吃海苔。

雖然我想要摸牠蓬鬆的毛皮，但牠討厭吃飯時被摸，我只是看著牠的後腦勺。

「為什麼我可以看見謊言啊？」

我根本不想看見人類的惡意，從沒覺得可以看見真是太好了。

「欸，你覺得為什麼啊？」

喵喵還是「喀喀」吃著剩不多的海苔，沒有回我。

手機聲響起，是她的回訊。

「我還在發燒」

附上一個全身癱軟的貼圖。

這種時候就別回訊息了，快點休息比較好吧。

「對不起，妳快休息」

我傳送的訊息立刻顯示已讀，但沒有回訊。

「似乎還是先別吵她比較好。」

放下手機一看腳邊，只剩空盤子，喵喵消失了。

雖然想著「無情的傢伙」，但我也很清楚這是我的自私想法。

喵喵從以前就這樣，吃完飯後便不知去向。現在希望牠待在我身邊，不過只是我的自私。

手機又響了。

「睡一睡覺得很無聊，很開心你傳訊息來。但是，我可能沒辦法馬上回」

只要說一句「別在意回信」就好了，但這會變成謊言，所以我只提問。

「身體怎樣？」

「好像比昨天好多了」

「只是感冒，好像有點嚴重耶」

「因為拖太久了，早點去醫院就好了」

雖然有來上課，但她從上週起就一直很不舒服。

不過，問她「還好嗎？」她又說我太操心了，我還以為沒什麼問題。

又收到下一則訊息。

「下週應該就能去上課了」

今天才週二，現在就說下週，真讓人擔心啊。

我急忙回訊。

「我可以去探病嗎？」

「對不起，現在不方便……我沒有洗澡啊」

這麼一說我才發現。

「這麼說也是，對不起，說了奇怪的話」

身體不舒服的時候，當然不想見任何人。我也能接受這個理由，也不覺得她在說謊。

只不過，即使如此，我還是很不安。

除了不當面說話，我就不知道她有什麼表情外，我「看見謊言」的能力，透過機械便沒辦法發揮任何作用。

明明想著沒這種力量就好了，但真的看不見，又讓我不安。

暌違一週來學校的她，一如往常拿著零食到屋頂來。

「已經沒事了嗎？」

「你還真愛操心呢。小喵喵只是稍微食慾不好而已，你也會立刻帶牠去找熊田醫生吧？」

「很可惜，這倒是沒有。」

「真的嗎？」

「因為喵喵從沒食慾不振過。反倒是要我限制牠吃飯，才需要費一番功夫啊。」

她睜大眼，噴笑出聲。

「那還真厲害呢，我家的鈴乃介就時好時壞。」

「喵喵很健康是很好啦……妳是不是瘦了？」

「真的嗎？那我可以不用減肥了吧，感覺可以隨意吃零食嗎？」

「我原本就覺得妳不用減肥了……把身體搞壞就沒意義了啊。」

「這樣說也是。」她邊說邊抬頭看天空。她下顎的線條，果然比上週更加消瘦。

「感覺又要下了。」

「梅雨季還沒有過完啊。結束後，就會變成熱到受不了。」

「這邊在夏天肯定很痛苦。」

「我去年超慘，所以今年想著要不要拿帳篷之類的來，但重裝備就可能被老師發現，現在很煩惱。」

「如果是這樣，我在戶外運動用品店看過那種結合雨傘和帳篷的東西喔，那應該比普通帳篷容易攜帶且能簡單組裝吧。」

「是喔……還有那種東西啊。嗯，待會來查查看。妳還真了解呢。」

「因為我爸媽喜歡，我都會跟著一起去戶外活動。」

「不是網球嗎？」

「他們也喜歡露營。幾乎每年都會去露營，然後也會在營地附近打網球。」

「那還真是個好動的家庭呢，今年也要去嗎？」

「不知道耶……目前還沒有規劃要去露營。」

假設我說希望全家人一起去露營，父母會有什麼表情呢？

不是說工作很忙而拒絕，就是驚訝著我怎麼這麼大了才說這個吧。

稍微想了一下，卻無法有具體想像。

「順道問一下，下週要不要一起去看電影？想看的作品剛好上映了。」

雖然裝作若無其事，但實際上，我從她請假時就想到現在，緊張到心臟撲通狂跳。

「下週？」

她露出為難的表情。

我抱著她會說著「不行不行不行」拒絕的覺悟，她卻遺憾地皺起眉頭。

「下週不就是期末考前嗎？」

她打開手機上的月曆。

電影確實是在考前上映，似乎沒有時間可以出去玩。

「我這次請很多假，所以覺得有點困難耶。」

期末考一天考三科，四天總共要考十二科。

就算沒缺課也同樣辛苦，她這時期一次請那麼多天假，我也能老實認同她的辛苦。

「這樣啊，那就沒辦法了。」

「嗯。」

鬆了一口氣，雖然考試讓人一點也開心不起來，但有明確的拒絕理由讓我安心。

只要知道她沒說謊，我就能待在她身邊。

二葉晴夏考前似乎睡眠不足，眼睛下面都浮出黑眼圈了。感覺狀況似乎很緊急，連休息時間都看著課本。

只要持續下雨，我們在學校裡就沒有地方可以說話。雖然可以傳訊息，但也不想打擾她念書，所以除了早上的貓咪照片對決外，我也不讓自己傳訊。

在幾乎沒說話的情況下迎接週末，難得父母都在家，所以我窩在房間裡過。

吃完午餐，也厭倦念書，在書桌前打瞌睡之時，手機響了。

我飛撲上去打開手機。

「現在有空嗎？」

「有，怎麼了嗎？」

「我想要和你借數學和物理的筆記本……」

「請假時的嗎？」

「嗯，對不起，你也在念書吧？」

「剛剛差點睡著了，我反而要謝謝妳叫醒我。等等，我現在拍給妳」

從書架上抽出筆記本打開，正在我確認日期時，收到訊息的聲音又響了。

「我的手機突然怪怪的，沒有辦法開照片」

「欸？那我該怎麼辦才好啊？」

看著畫面的我，不小心對著手機說話了。

她當然不可能聽見我的聲音，但她立刻傳下一句話。

「我現在可以去你家借嗎？影印完後馬上還你」

現在在下雨，而且父母都在家，真不希望她來。

我急忙回信。

「我拿去吧」

「這樣不好意思啦」

「沒關係啦。我也讀得有點膩了，妳家附近有超商嗎？」

「我家附近沒有」

附贈一個哭臉貼圖。

「我知道了，那總之我先拿去給妳，週一再還我就好了」

「這樣你就沒辦法念書了耶？」

「我數學和物理幾乎都念完了，所以沒關係」

我沒說謊，原本就是我喜歡的科目，平常都會念，所以總會有辦法。反而是成績差的科目，不到最後關頭絕對不碰。

即使如此，她還是對我拿筆記本去她家一事說著「這樣不好意思」而拒絕。

該怎麼說她才能不在意呢？

稍微思考後，我提議：

「要不然，我影印完後拿去妳家」

「那也不好啦！你也正在念書啊」

「我已經念煩了，想要轉換一下心情啦」

「但是……還在下雨耶」

感覺她拒絕的態度已經軟化，只差一步了。

「我想要見一下啦……鈴乃介」

沒路用、膽小鬼。

應該在床上睡覺的喵喵，用著這種眼神看著我。

「還真不好意思啊。」

我不理喵喵，逼不得已送出一張貓咪貼圖，我想見鈴乃介也不是謊言。

「謝謝你，真的很對不起，但是幫大忙了！」

貓咪大概是決定關鍵吧，她告訴我她家地址。

我記得，最後一次去朋友家玩，應該是小學一年級吧。

和幾個同班同學一起……到已經忘了名字和臉孔的男生家玩遊戲。

對睽違十年的事情感到緊張，我按下門鈴，玄關大門立刻打開了。

「謝謝你，沒有迷路吧？」

看過好幾次的便服，大概也因為今天是在家裡的輕鬆模式吧，與平常不一樣，她穿著寬鬆輕飄飄的衣服。

糟糕，我嘴角快失守了。不想讓她知道心思，我捉弄她：

「我可不是路癡啊。」

「欸～～我現在到學校可是不會迷路了耶。」

我隨隨便便回了「好啦、好啦」，她跟著鬧彆扭。

但立刻笑著邀我進屋：「進來吧，我介紹鈴乃介給你認識。」

糟糕了，我不知道到女生家時該怎麼辦才好。

根本沒人問，我也如同念咒般，不停在心中重複「我只是拿筆記來而已」。

「打擾……了。」

步上樓梯走上二樓。

她爸媽不在嗎？

家中靜悄悄……感覺除了我以外沒有人。

在她帶領下，走進二樓最前面一間房。

她的房間以米白色為基調，雖然明亮，氣氛卻很平靜。床、書櫃和書桌，還有小矮桌和衣架。擺放的東西和我房間差不多，但好幾個大大小小的玩偶，主張這裡是女生房間。

「請用這個抱枕。」

「啊……好。」

因為太緊張，變得好拘謹。

她從茶壺倒茶給我。

在屋頂上，就算兩人獨處也無所謂，為什麼在她房間裡會如此坐立不安呢？

總之得說些什麼才行，我焦急地尋找話題。

「今天一個人？」

「嗯，爸媽去參加親戚的法事。雖然他們說結束後會馬上回來……但我覺得慢慢來也沒關係啊。最近很多事在忙，也沒什麼出門機會，反正我也要準備考試。」

「妳爸媽常一起出門嗎？」

「前一陣子之前，他們還會一起去打網球。」

和我家完全不同。就連今天，父母明明在家裡，卻待在不同房間，做各自的事情。他們一起出門是幾年前的事了啊？而且應該還是親戚的婚禮這類的事情。

「妳家父母感情真的很好呢。」

「對啊，雖然讓看的人覺得害羞，但那是我的憧憬，想要變成那樣的存在吧。相處那麼久，知道優點也知道缺點，即使如此，還是喜歡對方，很棒對吧。」

即使徵求我的同意，我也不清楚。就連現在，我也不讓自己去思考未來。

就算她說是憧憬，我也無法具體想像。

「……是可以理解那是種理想啦。」

她難得露出有點不悅的僵硬表情。

「你不這樣覺得嗎？不想和喜歡的人一直在一起嗎？」

「一直……有點難吧，我覺得不管是怎樣的人，都沒辦法一輩子有著相同心情吧。」

「才沒這回事！」

她激動否定，滿臉通紅顯示她的怒氣。

大概覺得自己父母被嘲笑了吧。

當然，我沒有那個意思。

我只是沒辦法相信自己而已。

「對不起，只是——」

她打斷我的話。

「我……！」

晴夏哭了，淚水一滴一滴往下掉。

前一秒還在生氣的她，為什麼會哭出來呢？我完全搞不清楚。但她真的相當悲傷，壓抑著聲音哭泣。

我不想讓她露出這種表情。我明明希望她可以笑著啊。

「那、那個……」

這種時候，該說什麼才好？

對不起？還是要同意她的意見？

但是，我不能說謊。

緊閉雙眼的她，痛苦地呼吸。用力吐出一口氣後，睜開紅透的眼睛。

「我會一直和你在一起喔，直到你不想要為止，我都會在你身邊。」

「啊……」

如果這是她的真心話，我不知道會有多開心。

但不是。

她的身體閃閃發光。

殘酷地，漂亮光線包覆著她的身體。

我忘了呼吸。真希望呼吸和心跳能就這樣永遠停止。

但包覆在光線中的她，沒有從我的眼前消失。

我討厭謊言。

但我喜歡晴夏。

第四章　光與謊言　妳與未來

晴夏從包包裡拿出巧克力。

「給你，這是你的份。」

「謝謝……超冰。」

「嗯，這麼熱馬上就會融化啊，所以我無比嚴正保冷了。」

「保冷是很好啦，但這個巧克力，幾乎是冰凍吧……」

連續幾天超過三十度，還有氣溫幾乎和體溫等高的時候。

在「好熱」成了口頭禪，「真熱呢」成為招呼語的全日本中，覺得開心的大概只有冰淇淋業者、游泳池和說啤酒很好喝的吉樂老師而已了吧。

即使如此，她還是像四月時一樣帶巧克力來屋頂。放在裝滿保冷劑的保冰袋裡。

雖然知道她很努力不讓巧克力融化，但隔著包裝也知道巧克力相當冰冷，凍得僵硬無比。

「哎呀、哎呀，冰巧克力也很好吃喔。總之先吃吃看啦。」

「這麼炎熱，我也知道冰涼的東西很好吃，但硬巧克力就有點……」

嘴巴裡發出「喀」的聲音，用臼齒啃咬的巧克力口感，和我認識的巧克力不同。感覺可可的味道比平常還淡。

「今天是堅果巧克力啊。」

「嗯，你討厭堅果嗎？」

「沒有，我喜歡堅果……但妳不是喜歡有橘子皮的巧克力嗎？」

「我討厭橘子皮的。」

「欸？但之前……」

該不會是我曾說過不喜歡柳橙汁，所以她才不帶了吧。

但是，我只是不喜歡罐裝柳橙汁，還滿喜歡有橘子皮的巧克力耶。

「吃太多吃膩了嗎？」

「沒有啊，之前就不喜歡了，怎麼了嗎？」

大口大口滿足吃著巧克力的她，身體沒有發光。

似乎……沒有說謊。那麼，第一次來屋頂那時是謊言囉……？

那時的我，對晴夏沒有特別感情，所以就算她說謊，我也不會發現吧。

但是她應該也沒必要說謊啊。如果討厭有橘子皮的巧克力，準備其他東西就好，如果不想和我扯上關係，只要不特地來屋頂就好了啊。

仲夏的屋頂很炎熱，雖然用晴夏告訴我的戶外運動用遮陽傘遮太陽，還是沒辦法防止炎熱。

即使如此，我們還是流著汗待在屋頂上。

邊吃巧克力，邊眺望河川。

咦？我覺得奇怪，陽光明明閃亮刺眼到無法直視，河面卻完全沒有反射光芒。

「聖同學，你怎麼了？」

「唔……」

不對勁，有什麼事情不對勁。

但是，我找不出不對勁的真面目。

晴夏邊流汗，邊伸手拿起第三塊巧克力。

「我啊，最喜歡堅果的巧克力。然後討厭有橘子皮的巧克力。還有……」

她說到這裡，不知為何突然閉嘴，臉頰接著變得更紅，有點害羞地由下而上看著我。

我緊張地等著她的話。

「喜歡你。」

晴夏的身體發光了。

比太陽光更刺眼，我緊緊閉上眼睛，即使如此，光線還是射入我的眼睛。

為什麼要說那種話？

為什麼要對我說謊？

在仲夏的屋頂上，我全身發抖。好冷。好冷。好冷——

「好冷……」

全身發抖讓我醒過來，離開書桌坐正。

冷氣風直吹著我，溫度設定在十九度。

我都忘了因為房間熱得跟三溫暖一樣，所以我設成強風，調低溫度想讓室溫一口氣下降。

更改冷氣的風向和設定溫度。

不知道是冷汗，還是睡著前流的汗，我的身體濕成一片。

顫抖著身體看向窗外。

巴在紗窗上的蟬，在玻璃那頭鳴叫。新聞說連續幾天超過三十五度，柏油路上出現搖晃蜃景。

暑假第四天，到目前為止，我還沒直接體認外頭的炎熱。

「四天完成七成啊……」

放假前出的作業，只剩下三成了。剩下的也是要繳出去參加作文比賽的作文、家政課的書套等，感覺和學習無關的作業。

我什麼都不想思考，所以不是在念書，就是無關日夜地睡覺。

反過來說，除了這些事情外，我都在想她。

醒來時、吃飯時、刷牙時、洗澡時，以及睡覺前。

明明不想要想起，她那時的表情和聲音，卻畫質清晰地在我腦海中不斷重播。

想著要是能長睡不起不知該有多好，我試著挑戰一次後，十三個小時就放棄了，第一次知道睡太多會頭痛、腰痛。

而且，她終於連睡覺都出現在我夢中，無法安眠了。

手機響起，是新聞通知鈴聲。

「喵喵，聽說今天最高氣溫是三十七度耶。比體溫還高是怎麼回事啊。」

平常都在家裡亂逛的喵喵，也為了逃避炎熱，整天待在我房裡。但是明明在同一個房間，卻不願意回答我。

最近喵喵比以前還冷淡。

現在正在我的床上抽面紙玩。

「喂，待會要收拾的人是我耶。」

床上一片慘況，是想要製造面紙雪花對抗外頭的炎熱嗎？還是故意找我碴啊？

「喵喵，適可而止喔。」

但牠還是沒停，我把視線拉回手機上。

確認訊息。明明知道沒有新訊息，卻因為沒有而失落。每次失落，都會對自己的任性厭煩，我開始移動手指。

打開設定，進入帳號。

一開始不順手的動作，重複幾次後，也習慣了。

紅色按鍵出現在畫面上，最後只要按下，就能「刪除帳號」。

只要刪除就好了。這樣一來，就不需要因為有沒有訊息而一喜一憂。

接著在第二學期後，只要和四月時一樣，靜靜活著就好。只要這樣活到畢業，高中生活就結束了。

雖然這樣想著，手指總在最後無法動彈。

喵喵弄得到處都是面紙，橫躺在床上，背對著我。

「是當然的啊。」

我知道喵喵為什麼避著我。

那天——那之後她似乎又說了什麼，但我完全沒聽進去。

腦袋非常混亂，我好想哭、好想大叫，以及……逃走。

只不過，逃跑前，我記得我對她這樣說：

「妳為什麼要說謊！如果妳要對我說謊，離我遠一點要好上幾百倍！」

自己的聲音恍如他人，但這確實是出自我口中。

她表情相當驚訝。告訴她河川過去曾發生事故、蓮乃介死掉的時候，她也很驚訝，但現在驚訝程度完全不同——不，不對，她是在怕我。

人類的表情比說出口的話更加老實，就算我不懂察言觀色，也痛切感受到這一點。

我逃離她家。

不管再怎麼混亂也沒有迷路，真是不可思議。跌倒好多次，雨天當然也有影響，回到家時，我全身濕透了。

母親嚇到說了什麼，但我完全沒聽進去。

被推進浴室裡，脫掉整身濕透的衣服，淋熱水澡時，眼淚流了出來。

我想，應該是混亂的腦袋稍微平靜，能正確掌握發生什麼事情了吧。

但說起來，平靜了卻還沒有冷靜，接著完全不想見到任何人。雖然勉強到學校上課，但在自己座位上時就裝睡，午休時就到屋頂去。

這種狀況下，期末考考得相當糟糕，創下我的歷史新低。好險期中考成績不錯，讓我免於暑修命運。

我完全不理會擔心而靠近我的喵喵，連飯也忘了餵。好險父母幫忙照顧，喵喵才沒有出問題，大概因為這樣，現在換成牠不肯理我了。

得到報應了。不管是對喵喵……還是對她。

我測試她好多次，套她的話，看她有沒有說謊。

接著在每次測試後鬆了一口氣，想著我還可以喜歡她。

我知道這不對。

因為明明不願意接納謊言，只因為「她不會說謊」而成立的關係，相當扭曲。

已經可以預料遲早會崩壞。

只不過，如果可以，只有那個謊言我不想看到。

我最不想知道的謊言，傷人的謊言。

老實承認她討厭我，肯定也比這個謊言還要不傷人吧。

——我會一直和你在一起喔，直到你不想要為止，我都會在你身邊。

嘴上說著她會和我在一起，她的身體發光了。我不知道她為什麼要說那種謊。

是在捉弄我嗎？還是因為討厭我呢？

在意起那天傳送的訊息，我打開手機。

她一句也沒拜託我送筆記給她，拒絕了好幾次。

我以為她只是不好意思讓我送去，那是我自作多情嗎？其實她很困擾嗎？

但是，一起出門、幾乎每天交換照片、兩人單獨在屋頂上說話……

我不懂，全部都不懂。

「喵喵，如果是你，你會怎麼做？」

我朝喵喵伸手。好溫暖。雖然摸牠也沒反應，但牠沒有逃走。

吃完晚餐後回房間，不見剛剛還在房裡的喵喵，門開了十公分左右的空隙。

父母尚未回來的家裡，只有我房間有開冷氣。我想牠大概去上廁所，但過一段時間，還是沒聽見牠要求開門的「喵～～」聲。

不安的我，開始在家中尋找。

「喵喵，你在哪？」

叫名字也沒回應，我有不好的預感。

想起過去發生的事，我毫不猶豫打開浴室門，窗戶和那天相同，微微打開。

我慌慌張張抓起手機，但立刻否定浮現的想法。

「……再怎麼說都不可能啊。」

喵喵不知道二葉晴夏家，也沒有去過。

我穿上鞋子，跑出家門。

雖然已入夜，但柏油路釋放出白天累積的熱氣，讓我一開始跑，便汗水直流。

最近都悶在房間裡的身體，有點吃不消了。

「喵喵！」

邊跑著，我的腦海輪流閃過喵喵和二葉晴夏的臉孔。

跑一陣子後，看見「水野寵物店」的招牌。

我推開門，鈴鐺「叮鈴」響起。

「哎呀，是阿聖，歡迎光臨。」

水野阿姨不疾不徐的聲音迎接我。

「今天一個人嗎？」、「喵喵有沒有來這？」

我和水野阿姨的聲音交疊。

因為有過上次的經驗，不需要對水野阿姨說明，她立刻察覺了。

「又離家出走了嗎？」

回答前，我的手機先響起。

「對不起，等等我……」

是母親的來電。

「喂？」

「聖！你現在在哪？」

這莫名緊急的聲音，讓我焦急。

「商店街……發生什麼事？」

「什麼事，我才想問耶。大門沒有鎖，燈也亮著。你的房間連冷氣也沒關，我還以為遭小偷，還以為你被綁架了耶。」

「啊……」

下班回家後，發現大門沒有鎖，家裡卻空無一人，母親當然會驚訝啊。

「對不起，我沒看見喵喵，正在找牠，所以才慌慌張張……」

「你現在在哪？」

「就說在商店街啊，寵物店。」

「你為什麼跑去那裡啊？」

對話完全對不上，讓我煩躁。

「我不是說了我在找喵喵嗎？」

現在根本不知道喵喵流落何方，我沒有時間和母親慢慢聊。

「可以了嗎？我很急，先掛了喔！」

「喵～～」

掛電話前，聽見電話那頭傳來我正在尋找的叫聲，還以為自己聽錯，聚精會神後，果然聽見「喵～～」。

「我不知道發生什麼事，喵喵在家裡喔。牠好像肚子餓了，我現在正在餵牠。」

擔心一瞬間解除，恐怕只是我慌慌張張而已，喵喵似乎一開始就在家裡。

我因為先入為主的想法，而衝出家門，但就算大門開著，喵喵也沒離開家裡。

水野阿姨笑著說：「似乎解決了呢。」

「……不好意思，驚動您了。」

「沒關係啦，小喵喵平安無事就好。」

既然都來這了，那就買個伴手禮回家吧。最近都避開這裡，喵喵的餅乾已經沒了。

就在我看著寵物食品時，水野阿姨問我：「晴夏最近好嗎？」

因為覺得只要來這裡，就會聽到那個名字，但此時此刻無處可逃。

「放暑假了，我也不知道她怎樣……」

「這麼說來，學生放假了呢。暑假對我來說是幾十年前的事了，我都忘了，但是啊，現在年輕人不是都會用這個聯絡嗎？」

水野阿姨右手食指做出在左手上面滑啊滑的動作，似乎是在表現智慧型手機。

「那種人是很多啦……」

「阿聖不用嗎？」

自己切斷唯一一個對象了，我回答：「不用。」

餅乾結帳後，正當我準備走出寵物店時，突然想起一個疑問。

「話說回來，水野阿姨當時為什麼沒告訴她動物醫院在哪啊？」

「動物醫院？」

「她……二葉同學第一次來這裡時，追在我後面跑過來，問我喵喵去哪家醫院。」

水野阿姨看著遠方瞇起眼睛，過一段時間才拍手說：

「啊！晴夏第一次來這裡的時候啊，嗯……對、對，我跟她說了幾家醫院。」

「但是她跑來找我……」

「就是啊，因為我說太多家了，晴夏不知如何是好。更別說她早就已經在網路查過相同資訊了啊，但是啊，這不能太大聲講啦……」

明明不這樣做，這邊也沒有人在偷聽，水野阿姨在只有我們兩人的店裡，壓低音量小聲說：

「就算是我們這樣的小店，只要做生意，就有各種人際往來啊。所以不能只偏心其中一家，你懂嗎？」

「嗯……」

「但老實說，也有傳出不好傳聞的地方。這都會從客人那裡聽來啊。反過來說，也知道很多值得信賴的醫生。喵喵常去的那裡，當然是好醫生啊，對吧。」

水野阿姨刻意強調最後的「對吧」，露出感覺不出她年紀的俏皮表情。

原來如此，有些話站在水野阿姨立場上不方便說，我就沒這種顧慮。而水野阿姨知道喵喵的醫院在哪，只要讓二葉晴夏來找我，自然而然能借我之口說出推薦的醫院。

明白背後意圖後，就知道沒什麼大不了。只不過，就算沒有說謊，也讓我想猜疑她是不是別有二意。

「那時還說了其他話嗎？」

「其他是指？」

「所以說，就是讓她會來問我的……」

水野阿姨歪著頭擺出「你在說什麼？」的動作，是真的什麼也沒說嗎？還是在裝傻呢？

不認為多問幾次就能得到答案，我手碰上門，這次真的要走出寵物店了，接著換水野阿姨和我說話：

「這樣說來，前陣子，我第一次見到鈴乃介了呢。」

「什麼……時候？」

「暑假開始前不久吧。」

水野阿姨明明見過二葉晴夏了，卻問我她過得好不好。發現自己被試探了，我果然不擅長和這個人相處。

「鈴乃介好可愛喔，你見過嗎？」

「只看過照片。」

「務必見一次比較好喔。」

「為什麼呢？」

「因為牠很有活力、很可愛啊。」

「水野阿姨有覺得哪隻貓不可愛嗎？」

水野阿姨說著「哎呀」，稍微失笑，雖然每個都是她的表情，但我覺得這最接近她的真性情吧。對總被她玩弄在掌心上的我來說，有種「贏了！」的感覺。

但水野阿姨立刻露出一如既往的微笑。

「是啊，所有貓咪對我來說都很可愛。當然，來這家店的所有客人也都是喔。」

「這樣……啊。」

「所以啊，我有點擔心，因為看起來沒什麼精神啊。」

鈴乃介「非常」有活力，但是水野阿姨說，來店裡的客人沒有什麼精神。

也就是這麼一回事啊。

那天晚上，我傳出睽違三週的訊息，之後立刻關機。

我知道這樣很卑鄙。但不管她會怎樣回答，或是到底會不會回訊，我都害怕立刻知道答案。

或許我主動聯絡本身就是個錯誤，反過來說，如果我不主動聯絡，可能就會一直維持這樣吧。而且，我的心中還沒有答案。既不知道該用什麼表情去見她，也不知道見到後該說什麼。

如果問我有沒有辦法原諒謊言，我大概一輩子不可能原諒，喜歡的人的欺騙真的很傷人。

即使如此，想見二葉晴夏的心情仍舊無法消失。

隔天，我到學校去。手機還是關機狀態。

去屋頂前，我先繞到自己教室。因為我把暑假作業要用的裁縫道具，忘在學校的個人櫃裡。

以為空無一人的教室裡有兩個女生，她們似乎正在為開學後文化祭要使用的看板上色。

「啊……」

看見我的臉，其中一個人別開眼。那是問二葉晴夏是不是喜歡我的女生。

我打開自己的櫃子，取出裁縫道具後，誰的手機響了。另一個女生伸手拿起放在地板上的手機。

「是近藤傳來的。嗯……什麼～～沒辦法啦！」

手指邊滑過手機畫面，明明和對方透過文字聯絡絕對聽不到聽音，她卻大叫出聲。

「所以就說沒辦法嘛！」

「怎麼了？」

兩個女生一起擠在小小的畫面前看著。

「說搶到大雄的桌子了，要我們被別班拿走前，快去搬回來。」

我們班在開學後的文化祭上，要把教室布置成「大雄的房間」做展示，讓大家可以自由在裡面拍照。雖然事前準備非常辛苦，但這樣一來，當天就能盡情享受別班的活動和舞臺表演。而對什麼都沒興趣的我，自願在當天負責看管展示品。

「那種東西要男生去搬就好了啊。近藤是大道具組吧？那有五、六個人吧？」

「說到這個啊，他們現在似乎人手不夠。」

「為什麼？今天是工作日耶。」

她似乎接連傳送訊息，手指相當忙碌。邊看著畫面，邊「呃！」地皺起臉來。

「嗯……兩個人因為社團缺席、一聲不響蹺班的、有事缺席的，還有一個熱到身體不適……現在似乎只有近藤一個人。」

「中暑了嗎？沒事吧？男生都在外頭工作嘛。」

「似乎在保健室裡休息，聽說沒什麼大礙。」

「這樣就好……這麼一來，我們不去幫不行啊。大雄的桌子是木製嗎？不鏽鋼？」

「嗯……放在沒用的儲藏室——資料室裡的舊木頭桌子……他說很重耶。」

「哎呀、哎呀。」女生們像老太太一樣緩慢起身，她們走出教室前，我開口問：「要幫忙嗎？」

兩張驚訝的臉孔同時看我。

最敵視我的女生瞪著我看。

「藤倉嗎？」

「添麻煩就算了。」

「……是不會添麻煩啦。」

「好啦，讓他幫忙啦。三個人也很難搬，這種時候，就連貓咪的手也想借來用啊。」

另一個女生當作我要幫忙已是決定事項，跨步走出去。

喵喵應該是沒辦法搬桌子，只有這種時候，我比較能派上用場吧。

走下樓梯，往離我們教室最遠的資料室前進。近藤看到我，露出驚訝表情。

「藤倉說他可以來幫忙，你很需要人手對吧。」

近藤聽到女生這麼說，點點頭。

桌子確實很重。但是和動漫裡相同，除了中央一個外，還有大、小共四個抽屜。雖然老舊，感覺稍微修補一下就能用。任意門和時光機都得從頭做起，更重要的是我們預算少，有個桌子能用都讓我們感激不盡。

近藤的聲音相當興奮。

「一年七班似乎也需要桌子，不先下手，可能就會被搶走啊。」

「有取得老師同意了嗎？」

「當然，然後一年七班還沒發現，我在他們發現前先搶下來了。」

「你還真能幹呢。」

只有一開始搬得順利，穿過長長走廊來到樓梯口時，大家的手都到極限了。

即使如此，也不能放著不管，只好氣喘吁吁地一階一階爬上樓。

「你有和晴夏見面嗎？」

混雜著喘息，小小聲一句話從旁邊傳來。

「沒有。」

「有預定要見面嗎？」

不知該如何回答。說有可能會變成謊言，說沒有也可能變成謊言。

「妳看起來不太想讓我接近她，不見面比較好吧？」

我還以為她會回我：「這還用說。」

但是那個女生，泫然欲泣地瞇起眼說：「我不知道。」

「……為什麼？」

「因為眼見不一定為憑。」

「欸？」

「因為人可能會對自己看見的東西做出錯誤解釋。」

我不知道這女生想要說什麼。她該不會是想表達她誤會我了吧？

當我不知如何回答時，她又繼續說下去：

「我只是決定了，我要相信晴夏的判斷。」

果然不知所云。

但那女生沒再說更多，只是紅著一張臉，看著階梯上方。

傍晚時日曬依然沒有減緩，屋頂很炎熱。即使如此，多虧有風，讓人總算還能待下去。

撐開陽傘型的遮陽用具，我抱膝坐在地上。

睽違已久從屋頂上看到的風景一如既往，河川反射太陽光，閃耀刺眼光芒。

「如果那時我沒發現，又會怎麼樣呢？」

「我可能就溺水了吧。」

聲音在背後響起。

「為……」

聲音卡在喉嚨，沒辦法好好說出話來。

咧嘴笑著，滿臉笑容的晴夏就在那。距離太近了，讓我毫無真實感。

「為什麼這麼驚訝？是你主動聯絡的耶。」

「……我在作夢？」

又要吃凍得和冰塊一樣的巧克力了嗎？

「巧克力呢？」

「巧克力？天氣這麼熱會融化，我沒有帶來耶……」

「妳喜歡有橘子皮的巧克力嗎？」

「喜歡喔。」

「該不會實際上比較喜歡有堅果的巧克力吧？」

「兩種都喜歡，但兩者相較的話，我比較喜歡有橘子皮的巧克力吧。比起這個，你還好嗎？今天的你有點怪，你待在這邊多久了？該不會是中暑了吧？」

晴夏不安地在我面前揮揮手。

我抓住在我眼前來來去去的手。

她的手很溫暖、微微汗濕，告訴我這是現實。

「不是夢。」

「嗯。欸，你真的沒事嗎？」

雖然腦袋輕飄飄的，但我沒中暑也很健康。

說著巧克力的話題，晴夏的身體也沒發光，世界越變越清晰。

「我沒事。對不起，我只是在想一點事情。」

「那就好……」

晴夏雖然仍有點無法理解，還是在我身邊坐下。

她的動作太過自然，我「不知該說什麼好，不知該擺出什麼的表情」的煩惱瞬間消失殆盡。

「你和我聯絡，我很開心。」

「……明明說了那麼過分的話？」

「但你又聯絡我了啊，不是嗎？」

「是這樣說沒錯啦……」

「只是這樣一來，你無法心安？」

「嗯。」

就算我受傷了，也不能是我可以傷害她的理由。

「果然是這樣，我就知道你會這樣說。那，閉上眼睛。」

「欸？」

「快一點。」

要幹嘛啊？

她又再次催促我快一點，我閉上眼睛。

心臟撲通亂跳。閉上眼這個行為太不設防，我靜不下來。

是一拳嗎？一巴掌嗎？還是彈額頭？該不會是球棒，應該不可能是鐵鎚吧，就

在我想著這些時，額頭上有柔軟的什麼……筆？

她在寫些什麼？

「——笨蛋？」

「啊，你睜開眼了。」

她的右手握著油性筆。

「什麼——？妳該不會在我額頭上寫笨蛋吧？」

「嗯，我有鏡子喔，要看嗎？」

她從裙子口袋中拿出小折疊鏡。

我用手把劉海往上撥，盯著鏡子。

「咦？……沒有。」

「這是已經沒有墨水的筆啦。」

她「嘻嘻」露齒後，笑著說：「成功了！」

「這樣就原諒你了。」

「……妳還，真寬容啊。」

「因為我覺得要是太在意小事，就太浪費了。」

「那算小事嗎？」

晴夏毫不猶豫地點頭。

「嗯，我覺得在人生中，那不算什麼大事喔。」

晴夏的音量雖然不大，說出口的話卻強而有力。

遮陽用具不大，兩個人一起躲陽光得靠很近，要不然就會被曬到。

肩膀近到幾乎要碰到的距離，讓我無法平靜。

「比起這個，還好嗎？」

「什麼？」

「感覺妳又比暑假前還瘦了，又感冒了嗎？還是說，其實妳才真的中暑了？感覺臉色也不太好。」

「因為都待在家裡沒曬太陽，食慾可能也有點差吧。」

明明不想看見謊言，我卻會想要找她的謊言，看她哪句話在說謊。

至少現在的我，只要她說謊，就能發現。

她的身體沒有發光。

「每天確實都很熱啊，我也幾乎沒出家門。」

「那你也不能說別人啊，你才是，該不會生病了吧？」

「沒有，只是在寫作業。」

「那，是因為這樣嗎？感覺你比平常還沒精神。」

——那是因為沒辦法和妳聯絡。

再怎麼說，這都不能說出口。

「妳真的沒事嗎？」

「你其實相當愛操心吧。」

「才沒這回事。」

「但是，最初發現我在河裡時，你不是來幫我了嗎？」

「那是因為……以前發生過事故，我怕有萬一。」

「嗯，多虧如此，我得救了。」

「妳太誇張了，又不見得會發生事故。」

「或許是如此，但也可能不是如此啊，對吧？」

晴夏站起身，走到屋頂邊邊，身體靠在柵欄上。

「柵欄可能生鏽了，別全壓在上面比較好喔。」

「你果然很愛操心。」

她背對著我呵呵笑著。

即使如此，她還是稍微遠離柵欄，看著河川。

「你先前曾經問過『為什麼大家都要和誰在一起呢？』對吧？」

「幹嘛突然說這個？」

「嗯～～因為我一直在找答案。已經忘了嗎？」

「……我記得。」

怎麼可能忘記。

「是妳問我『我為什麼想要獨自一人呢？』時的事情吧？」

「對。我啊，放暑假後想了很多。然後知道了，因為和誰在一起，比自己一個人還要開心。」

「不會太簡單嗎？」

「想得太複雜之後，就得到這個簡單答案了。」

「是這樣嗎？」

「就是這樣啦。喜歡的東西比討厭的東西、善意比惡意自在，不是嗎？」

或許是這樣。

但如果這世界如此單純，那肯定不會有戰爭、霸凌，以及謊言了。

「世界上的人，不全是善人喔？」

「嗯，但是，也不全是壞人啊。」

「要是壞人比較多，這個想法就不成立了喔。」

「至少我認識的人之中，好人比較多，所以沒問題。」

不管我說什麼，她都不為所動。

放暑假後短短的五天裡，晴夏已經達觀到讓我覺得她是不是已經走完一回人生了。

感覺她領先我好幾步，這讓我有點不甘心。

她突然轉個方向面對我，拆掉衣領上的緞帶，握在右手高舉。

「第一次見面的時候，這個被風吹走了呢。」

紅色緞帶隨風飄蕩。

會不會又被吹走啊？如果被吹走，她會不會又追上去呢？到時，我會再去幫她嗎？

就在我思考這種事情時，她抓著緞帶的手指慢慢鬆開。

我的視線被在藍天飛舞的緞帶奪走。

「喀」的聲音響起，她的身體突然一晃。

「晴夏！」

我衝出去，伸手接住她無力癱軟的身體。

晴夏倒下後，我立刻找人幫忙。

事情不可思議地順利，彷彿大人們早已知道一切，知道會有這種事情發生，除了我以外，每個人都很冷靜。

保健室老師和她一起搭上救護車，我坐吉樂老師的車到醫院去。

老師在車裡，沒有責備我跑到禁止進入的屋頂上，只說了「明天之後應該會弄得再也進不去吧」，這份貼心反而讓我不安。

我在醫院的頂樓——十四樓的休息室等晴夏結束治療，老師們因為還有工作，先回學校了。

休息室的風景很好，周圍的建築物排列在遙遠的下方，遠處可以看見大海。

穿著住院服的人和來探病的人談笑中，我坐在最角落的沙發上。

此時，我的心情已經超越不安，恐懼得不得了。

想要多少思考不同事情，打開昨天關機的手機電源。震動一下後，畫面轉為明亮。

我打開昨天送出的訊息。

「明天下午四點，希望妳可以到屋頂來」

送出這則訊息後，我立刻關機了。

那一分鐘後收到回信。

「ＯＫ！明天在屋頂上，我絕對會去」

接著收到了鈴乃介的照片。

「雖然是兩週前的照片，但拍得很棒」

那是鈴乃介在空箱子裡的照片，沒辦法連尾巴全塞進去，所以尾巴在箱子外。

「這也很可愛對吧」

鈴乃介的照片不只一張。

睡覺時的照片、高高跳起的照片、跳舞的照片。大概是在逗弄鈴乃介吧，偶爾還會拍到應該是晴夏的手臂。

她大概打算等恢復傳訊後要傳給我吧，照片多達幾十張。

晴夏等著我和她聯絡嗎？

一直等著單方面發火的我的，不知道到底會不會來的聯絡嗎？

滑動畫面，幾乎所有照片都是鈴乃介，只有最後一張不是。那不是家裡也不是學校，是從可以一覽城市的高處拍攝，遠處有大海的風景。

我知道這幅景色，因為那就是我現在眼前的世界。

手中的手機震動。

「可以來病房嗎？」

是晴夏傳來的。我回了「嗯」，立刻收到寫上病房號碼的回訊。

搭上電梯，前往晴夏所待的樓層。

那是單人房，裡頭只有晴夏一個人。

晴夏手上插著點滴針頭，一臉蒼白。

「嚇到你了。」

「嗯，嚇我一跳。」

「這種時候，為了不讓病患擔心，你應該要說『沒有這回事』才對吧？」

「因為我討厭說謊。」

她做出「啊」的嘴型，瞇細眼睛。

病房比我想像的狹小，只有床、電視和桌子，令人意外地單調。

「和連續劇裡出現的房間不同耶。」

「那應該是政治家或名流住的特別病房吧？」

「大概吧，設備和我之前探望祖父時進去的大房間差不多。」

「我也說了大房間就好，但爸爸和媽媽擅自決定了。真的很謝謝他們啦，因為大房間果然還是會很顧慮別人。」

「要是有打呼很吵的人，就傷腦筋了。」

「對。還有要是一直找你說話，感覺會很累。」

「要是我，我五分鐘就會逃走。」

「你應該會弄個防護罩，當作沒有聽見吧？」

我不提及重要的事情，說些無關緊要的話。

但是，也沒有冷靜到可以回應她說的玩笑話。

不僅如此，腦袋一片空白，感覺從我口中發出的聲音，像從其他地方發聲一樣。

無法忍受這種腹背受敵的緊張感，我主動開口：

「照片……是在頂樓的休息室拍的吧。」

「第一次住院的時候拍的。」

接著，晴夏開始說起她的病。

她說，總覺得身體不是很舒服，但因為轉學的環境變化，她以為自己只是因此感到疲倦而已。但某天，高燒遲遲不退，到家裡附近的個人診所看病後，醫生立刻寫了介紹信，要她到綜合醫院去。

「我之前不是請了一個星期的假，就是那時候，照片是要出院時拍的。」

我可能有回答吧，也可能只是點頭回應而已。

她說出口的話，就是如此讓我恐懼。

「醫生說已經轉移到全身了，也徵詢了第二意見，但還是相同診斷。」

說不出話來。說起來，我根本不知道該說什麼好。

晴夏意外地相當平淡。

「但治療結果比醫生想像的順利，現在已經慢慢變好了。今天也得到外出許可，暑假過後又能再去上學了，你不用擔心喔。」

好幾個單字在我腦海中轉個不停。

轉移？全身轉移？外出許可？她都昏倒了耶？

我不敢再聽下去，無比害怕死神揮下鐮刀，我沒有開口。

但是，就算我不問，晴夏的身體勝於雄辯。

因為說明的最後，她的身體發光了。

我明白了那個謊言的意義。

——我會一直和你在一起喔，直到你不想要為止，我都會在你身邊。

眼頭轉熱，喉嚨深處開始發疼。

我緊咬嘴唇，試著深呼吸，但沒辦法止住淚水。

倒映在眼中的她開始扭曲，即使如此，仍然無法遮掩那耀眼的光芒。

晴夏對我說，在我冷靜前不用來探病沒有關係。

但我知道，那不是她的真心話。

如果要來，空手來就好了喔。

這似乎是真的。

我沒事，你別擔心喔。

這是謊言。

晴夏教會了我，人類的謊言，有許多種類。

欺騙對方的謊言。

保護自己的謊言。

體貼對方的謊言。

雖然我明白，但我還是討厭謊言，我不想要變成騙子。如果可以看不見，我還是不想要看見謊言。

但是，不是所有的謊言都傷人。

我認為，不管有再多時間，我都不可能整理好心情。

所以，我養成每天去醫院的習慣，護士們都記得我的臉，和她一起看書、一起玩遊戲、一起寫作業。雖然我對她說，身體不舒服就不用勉強寫作業，但她像在和我競爭般，繼續念書。

「給妳，探病禮。」

「我就說不用了啊，只要你來我就很開心了。」

這句話雖然沒有說謊，但她探看袋中物時相當開心。

「巧克力和——制服緞帶？」

「因為妳又弄飛了。」

「你跑到河裡找了嗎？」

「我才不會做那種冒失事。我只是發現它掉在附近草叢上而已。巧克力是夏天限定版本，超商裡看到的。」

晴夏說著「謝謝」，開心地看著薄荷口味的巧克力。

「我啊，也有東西要給你看。」

說完後，晴夏自豪地拿出布製書套，是家政課的作業。運動會時負責服裝的她，對自己的手藝很有自信吧，因為是用手縫，在病房裡也能做。

「我還稍微試著刺繡了喔。」

「欸～～滿漂亮的嘛。」

雖然老實覺得她的成品相當漂亮，但我已經猜到她的行動了。

她只是沒在我面前做，病房裡有縫紉用具，也有做到一半的書套，連刺繡線也放在看得到的地方。

「我沒有刺繡就是了。」

從包包裡拿出完成的書套，晴夏睜大眼：

「欸……你也已經完成了嗎？你不是說還沒開始做嗎……」

「回家之後因為很閒，所以昨天晚上就迅速做完了。」

晴夏突然哭出來，淚水一滴一滴落下。

「不舒服嗎？要找醫生來嗎？」

「不用。」

晴夏開始接受治療後，受身體狀況影響，情緒起伏也很激烈。一點點事情都會讓她失落，也曾經突然爆發。

一開始，我也跟著她一起不知所措，但現在，我已經學到，靜靜待在她身邊是最好的方法。

環抱自己身體，她終於才靜靜開口：

「對不起，我明明不想要讓你困擾的啊。」

「沒關係，別在意。」

「但是⋯⋯」

「如果不高興，我就會直說了。」

別說是看不見未來，這幾乎是看不見終點的每一天。就算我看不見謊言，也看得出晴夏的精神不斷在消磨。

晴夏說著「對不起」，把頭靠在我胸口。

「我什麼都做不到，所以想著至少可以幫上你一點忙。因為你說你還沒開始做書套，我就想要教你怎麼做。」

「……對不起，我只是提不起勁才沒有做而已。只是自己要吃的話，我也會做菜，基本上能做到生活無虞啦。」

「而且成績還很好，真沒弱點啊。」

「因為是這樣活過來的啊。」

「感覺我一輩子都沒辦法幫上你的忙耶，你明明幫了我這麼多次。」

「才沒那回事。」

「騙人。」

「我不會騙人。」

說著「是這樣沒錯啦……」，晴夏還是不願意接受。

我到底該怎麼表達這份心情呢？

受到幫忙的人是我啊，因為我以為自己一輩子都不可能喜歡上任何人。

我輕輕摸她的頭。

「只有妳喔，只有妳願意親近我。」

「……這是誇獎嗎？」

「我是這麼打算。」

「那麼，我就乖乖收下吧，因為我很擅長應付貓咪啊。」

「妳是說我像貓嗎？」

「因為有人建議我，就把你當成貓對付啊。」

冒出「嗯？」的疑問後，我立刻知道是誰在旁出點子了。

「水野阿姨啊。」

「第一次見面的時候，她對我說：『妳試著把阿聖當成棄貓，和他相處吧』——生氣了？」

「沒有……」

很不可思議，我的心情相當平靜。

不僅如此，還出現了像是溫暖，又像是難為情的心情。

從認識當時，到現在這個瞬間發生的所有事情，全都浮現在我腦海中。

「很多事情都能解釋了。」

晴夏的臉露出笑容。

晴夏的病情一進一退。

治療狀況比當初預想的還好，但這不是以治好為目標，只是多爭取一點時間而已。

反覆住院、出院，每次住院都會進行放射線與藥物治療。

因為不是外科手術治療，所以相對能在家裡度過。

晴夏在家裡時的表情，也比在醫院時平靜。我三不五時就會到她家去。

「鈴乃介，別亂動。」

布偶貓算是大型品種的貓，看見牠坐在越變越瘦的晴夏的腿上，我都會擔心牠會不會弄壞她。

「你果然很愛操心。但是不要緊，鈴乃介很了解我的。」

因為藥物影響，晴夏的抵抗力也變弱，瘦弱的模樣也讓我在意得不得了。

「暑假也快結束了呢，今年什麼都沒做……」

「沒有辦法啊，身體狀況不好嘛。」

「是這樣沒錯啦，但沒去海邊也沒去山上，想看的電影也下檔了，也沒有去想去的大學的校區參觀。明年就要正式準備考試了，我原本想要在今年夏天選好學校的耶。你也有許多想法吧？」

「我還沒有想。因為沒特別想做的事，所以想考個學費便宜，稍微有點興趣的科系就好了。」

「騙人！……你不會騙人啊。那，你真的還沒有決定志願嗎？」

「是啊。」

「那，明年夏天的校區參觀，要不要一起去？」

「——欸？」

「將來要念四年書耶，契合度、還是應該說是靈感？之類的。我想要找個一眼愛上的地方，這樣也可以成為準備考試的力量啊。」

「說的……也是。」

我不敢直視晴夏。

這一陣子，晴夏的身體常常發光。每次看見都讓我痛苦。

因為，覺得自己沒有未來的晴夏，正在談論著未來。

「晚安」

收到晴夏傳來的訊息，我也回了「晚安」。

今天的互動就在此畫下句點。這是晴夏提出後定下的規則，要不然，就會一直拖到早上。

我躺在床上，滑動畫面。就這樣回顧到兩個月前的對話。

「明年要準備考試了，今年想要大玩特玩」

那時，晴夏應該也沒想到，這句話會變成無法實現的事情吧。

但是，現在就算說出同一句話，意義也有所不同。

「謊言，到底是什麼啊……」

「喵～～」

喵喵在我床上。大概是我誤會牠失蹤而驚慌失措吧，牠最近又開始稍微願意理我了。但是，喵喵果然還是喵喵，只有在討飯吃時願意磨蹭我，現在也只是和我一起躺在床上而已。

我抱緊喵喵，好溫暖。

就連喵喵，也無法保證會有明天，這我也很清楚。

但是，就機率來看，晴夏會比我和喵喵更早迎接那天到來。

到時，我該怎麼辦才好呢？

我到底能為晴夏做什麼呢？

「……喵喵，陪我一下，只有我一個人會很不安。」

在牠回應前，我就抱著牠走到客廳去。

父親昨天又去出差，只有母親在家。

「今天不出門嗎？」

我開口後，母親停下往蓬鬆毛團戳針的動作。

「『今天』是什麼意思？」

「妳之前有天晚上突然出門，說是有朋友找。」

母親稍微瞇起眼睛望著遠方，手又開始動作。

「這麼說來，似乎有這麼一回事，那種事也不常有啦。」

「這樣喔……妳其實是為了什麼出門啊？」

「——什麼？」

「說朋友找是騙人的吧，到底是什麼事？」

母親的手再度停下。

「爸爸跟你說什麼了嗎？」

「沒有，我只是想知道而已。」

沉默，我做好準備聽母親的說辭。

在我懷中的喵喵，扭動身體表示著「差不多該放我自由了吧」。

「呼～～」母親長長嘆一口氣後開口：

「工作啦。雖然你似乎要懷疑我外遇了，但真的是工作。要不然，你要看我的郵件嗎？」

「不要，因為媽媽現在是說真話。」

「聖從以前就是這樣，直覺超敏銳，完全不能說謊啊。」

「但妳為什麼說要去見朋友？老實說去工作不就好了嗎？」

「因為你爸不喜歡我一直在工作，但我覺得他應該發現了吧。你爸直覺也很敏銳，很難瞞著他啊。」
「是這樣嗎？」
我音調拉高後，喵喵從我手中逃跑。似乎在表示「我都陪你講到這邊了，應該夠了吧」。
明天給牠海苔慰勞牠吧。
「是啊，從以前就不愛接近人，直覺莫名準，和你一模一樣。」
一瞬間冒出「該不會吧」的想法，但立刻覺得應該不可能。
父親對我說過謊。萬一他和我一樣能看見謊言，感覺他應該沒辦法說謊啊。
「妳說反了，應該要說我像他才對。」
母親輕聲笑著說：「這麼說也對。」

你可以代替我負責做小道具嗎？
暑假最後一天去晴夏家時，她如此拜託我。一開始我還以為我聽錯了。
「我來做小道具？文化祭的？」

「對，本來是我負責的，但我又有一段時間不能去學校了。所以希望你可以代替我，你很擅長家政對吧？」

「沒有擅長啊。」

「沒有，才沒那回事。你的書套肯定縫得比女生還要漂亮喔，你比女生還賢慧啦，要有自信！」

被這麼誇獎一點也開心不起來，但我想要做到晴夏的請求。

新學期開始後，我到家政教室去。開口說我想幫忙製作小道具後，不知為何，敵視我的那個女生走出來。

「你要幫忙？」

「妳才是，妳不是負責看板嗎？」

「那只是幫忙，我原本就負責小道具。」

還以為她要挖苦我，沒想到聲音意外柔軟。

「你應該是負責當天看管吧？」

「因為有人要我幫她。」

「這樣啊……你會用縫紉機嗎？」

「應該會。」

「好吧，那你來這邊。」

我被帶到擺放縫紉機的區域，接過一塊布。

「你把這塊布的邊邊縫起來。」

接著接受了技能測試，但考試內容並不困難，只是在摺起來的地方縫直線而已。

女生邊確認著縫線，小聲問：

「是晴夏拜託你的吧。」

「嗯。」

「真虧你願意做這種事啊。」

「會嗎？」

如果我能做，我什麼都願意做。

當然最想做的就是治好她的病，但我沒那種能力。

她給我的東西太大了，我一直思考自己能為她做什麼，但找不出答案來。

「晴夏……現在怎樣？」

聲音在發抖。我看著她的臉，她的眼眶蓄滿淚水。

「雖然有和她聯絡，但她說不想讓我看見她現在的樣子，所以要我別去……但你有見到她對吧？」

她說到一半，淚水滑過臉頰。

啊，原來如此，晴夏也對她說了生病的事情啊，或許她比我更早知道吧。

「不能說健康，雖然現在在家裡，但不適的時間比較多。」

「為什麼總是你啊！我也想要見她、和她說話啊。」

她聲音尖銳，即使如此，還是努力壓抑不讓其他人聽見。

「對不起。」

「別道歉，這只是讓我覺得更難堪而已。因為只有我一個人覺得我們是朋友而已。」

「願意坦白病情，就是信賴妳的證據，她應該要妳別說吧？」

「是這樣沒錯啦……」

「先別說老師……我還以為只有我一個人知道。但我錯了，晴夏也對妳說了。」

「既然是這樣，為什麼不讓我見她？」

「這我也不知道，但我想，她應該是很擔心我吧。」

「擔心？」

「嗯，妳除了晴夏之外，還有其他可以在一起的人，但是……」

我沒有。也不打算有。我拒絕和任何人扯上關係。說話對象只有喵喵一個，剩下時間都是獨處。

「我想，會要我來幫忙文化祭準備工作，除了對同學過意不去之外，也同樣希望能為我做些什麼吧。雖然只是想像。」

「這是指你一點也不可靠嗎？」

「……總結一句，就是這樣吧。」

我大概一輩子不可能會看見這個女生的謊言。

但也想著，或許除了喜歡、討厭以外，也有人願意接納我吧。

「好吧，那就如晴夏的希望，我會徹底使喚你，你等著吧。」

她邊揉鼻子，不斷把布往上堆。

看著她的動作，我問出一直想問的疑問：

「雖然事到如今才問……妳叫什麼名字？」

「我們去年也同班吧？」

她繃起一張臉。就算沒說出口，我也知道她看著我的眼神就像是：你是笨蛋嗎？

接著，我也知道了，她的名字叫中村瑞穗。

文化祭順利結束，進入十月後就要去校外教學。四天三夜的沖繩之旅。晴夏當然沒有辦法參加，為了讓她看照片，我去每個地方都狂拍照。

真不可思議。國中時，我只是隨波逐流，現在的我卻是以自己的意志行動。就連既定的行程，我也相當興奮。總之，我唯一能做到的就是樂在其中。

會這樣想，也是因為這一陣子，她幾乎所有時間都在床上度過了。

「啊～～水族館。我很想要去這裡呢，看到豆腐鯊了嗎？」

「看到了喔，照片在這裡。」

「對、對，就是這個。旅行書上也會看到呢，你還和瑞穗一起拍照啊。」

「被強迫拍的。」

我根本沒打算拍自己的照片，但她硬抓住我的手，說「拍給晴夏看啦」，我根本無法逃跑。

「嗯，你的表情好僵硬，你還拍了真多照片呢，該不會是為了我吧？」

「因為我想和妳一起看。」

「我明年會參加喔。」

「校外教學只有二年級唷。」

「說的也是，那，就請你帶我參觀吧。」

「欸？」

「一起去吧，等我好起來之後。」

晴夏積極的話語背後，總有著早已放棄的心情。就算說出口的話想往前進，身體也差到不允許。

但是，不管晴夏的身體再怎麼發光，我都不再別開眼了。

她之所以會說謊，是因為還感覺著些微可能性啊。

只要還有希望，我就能還是我。

聽見新聞說第一場雪比往年提早一週的那天，第一堂英文課中，吉樂老師上氣不接下氣跑到教室來。

我想著怎麼了，和老師對上眼。

雞皮疙瘩、發寒，我害怕起來。

一瞬間理解，大人們早已討論好，迎接那時到來時該怎麼做。

「藤倉，拿好你的書包到校門口來。」

被吉樂老師點名後，我看了中村一眼，她緊緊咬唇。

心裡想著「對不起」，雖然這樣想，我還是靜靜走出教室。

吉樂老師和計程車在校門等我，我被老師推上計程車。

「已經告訴司機地點了。」

「好。」

「計程車費。」

老師塞兩千圓在我手上。

「這我有……」

「別在意，只是幾天不能喝啤酒而已，這對我的健康也比較好。」

「……我明白了。」

其實，想要再說些什麼，至少，得說一聲「謝謝」才行。

但是，我的大腦已經沒有辦法順利思考了。

吉樂老師站在計程車門旁，豎起三根手指。

「三天。」

看我沉默不語，又再重複一次「三天」。

「不管你再怎麼痛苦，別休息超過三天。只要獨處，人連自己往不好的方向想也不會發現。所以，第四天一定要來，只要待在教室裡就好，只是待著而已，你最擅長了對吧？」

雖然覺得講那麼難聽，但我也已經知道，這就是吉樂老師的溫柔。

「……好。」

我覺得計程車一轉眼就到，也覺得讓我萬分焦急。不過，老師給的錢還能找零，路上應該不塞吧。

從醫院門口到病房，我什麼都沒想，只是擺動雙腳。

打開病房門，晴夏的父母在裡頭。

這麼珍貴的時間，我真的可以來打擾嗎？

但是，在我開口說出躊躇之意前，晴夏的父母留下一句「有什麼事再叫我們」後，走出病房。

「阿聖。」

晴夏最近為了止痛，大多因為藥物沉睡，就算來探病，也不太有機會說話。

但是今天，她纖細的雙臂迎接我的到來。

「制服……你在上課啊，對不起。」

「別道歉，我還覺得可以蹺課超幸運。」

「這樣啊，說的也是，但是啊，我好想去上學。」

只是說這幾句話，晴夏就喘不過氣來了。與其說急促，說薄弱更正確的呼吸讓我胸口梗得慌。

別說話比較好吧。雖然這樣想，晴夏又繼續說話。

「積雪了嗎？」

「現在還只有薄薄一層吧。」

晴夏轉向窗戶。

雪花片片飛舞，看慣的景色彷彿加上濾鏡，變成一片白。

我在床邊的椅子上坐下，兩個人一起看雪一段時間。

走廊傳來慌亂的腳步聲與說話聲，但我們所在的空間，如同學校的那個屋頂，安穩的時間流逝著。

「話說回來，今天早上拍了有趣的照片，要看嗎？」

我問完後，晴夏輕輕點頭。

最近都在第一堂課的下課時間傳早上拍的喵喵照片給她。

但今天在傳照片前就離開學校了。

晴夏眼睛閃閃發亮看著才剛出爐，熱呼呼的照片。

「——咦？這是……」

晴夏嘴角綻放淡淡笑容，我一張一張翻給她看，她稍微輕笑出聲。

照片，是喵喵的自拍照。我把手機放在桌子上，牠剛好自己按下快門了。

大概看見畫面中出現自己的臉很有趣吧，拍下從下往上拍的喵喵、只有下巴的喵喵、連鼻子毛孔都很清楚的喵喵，這三張照片。

「小喵喵好可愛。」

「已經是大叔了。」

「但還是很可愛啊。」

「嗯，也是啦，喵喵很可愛。」

「承認了。」

「因為是事實啊。」

是啊，阿聖不會說謊啊。

她看著我，似乎在說這句話。

「我也想要這種照片。」

「似乎有貓咪用的自拍軟體喔，鈴乃介應該會用吧。」

軟體啊。

我想，晴夏應該這樣低喃著吧。但她的聲音太小，我的耳朵沒辦法完整捕捉。

接著，對話再度中斷，我們再次看向窗外。

雪勢比剛剛大許多，外頭世界染得更白。大概是白雪消除了聲音吧，我們周遭如時間停止般安靜。

很不可思議的感覺。

我的身體輕飄飄的，彷彿在作夢般沒有真實感。本來應該要更焦急、更緊張、更恐懼才對，自從進到病房看見晴夏的臉之後，我慌亂的心情漸漸平靜，僅僅只是祈禱著，希望這段時光可以再多一秒。

上課中，在老師允許下到晴夏身邊來，這到底是指什麼意思，就連我也清楚知道其中意義，卻無比冷靜。

我們到底沉默多久了？

應該不長吧，聽見走廊傳來什麼金屬落地的聲音時，晴夏結束了這段時間。

「阿聖，你可以拿雪來嗎？」

「從外頭拿來病房應該就融化了吧。」

「從窗戶呢？」

「開窗很冷喔。」

「我想碰雪。」

溫度激烈變化也沒有關係嗎？

「拜託。」

雖然不安，但晴夏向我懇求，我根本不能拒絕。

把棉被拉到她的下巴，把她的手收進棉被裡，叮嚀著：「只能一下下喔。」我打開窗戶。

一陣寒風「咻」地吹進來。

邊發抖邊伸長手，但雪花碰到我的手，立刻變成水珠。堅持一段時間後仍然如此，完全沒辦法蒐集積雪。

「有點不行耶。我借個什麼容器，到外面裝過來吧？」

「不用，已經可以了，把你的手借我。」

我把沾著剛剛還是雪花，現在變成水滴的手伸出去，晴夏回握的手，感覺比夏天的屋頂還熱。

「好冰，對不起。」

「不，沒關係。」

「我沒有玩過雪。」

她一說完我才想到，晴夏轉學前住的地方，幾乎不會積雪。

晴夏轉來我們學校時是春天，從天飄落的不是雪花，而是櫻花。

我認識晴夏後，還不到一年，現在是第一個冬天。

「你有玩過嗎？」

「小時候有。」

「玩什麼？」

「這附近不會積太深，所以就是堆雪人、打雪仗、玩雪橇吧。想滑雪或是玩滑雪板，就得到靠山那邊去。」

「雪人我也堆過喔，雖然只有這麼小一個。」

晴夏張開右手拇指和食指比給我看。

能放上掌心的雪人，大概只有這附近玩雪仗時兩顆球疊起來的大小吧。

「等到下個月，應該會積到能堆出更大的雪人來了喔。」

「下個月好遠喔。」

她原本只是輕碰握住我的手，突然用力，力氣大到讓我難以想像她哪裡還留有這等力氣。

「晴夏？」

「好害怕，我想要和你在一起久一點，想要一直和你在一起。」

晴夏的身體沒有發光。

我知道自己為什麼能這麼冷靜。

因為，她不用繼續說謊了，我為此鬆了一口氣。

我現在很清楚。到那天為止，她從來沒有說過一次謊。

這樣的她，得一直不斷說謊，以及我知道她在說謊這件事，讓我感到痛苦。

但是，已經不用說謊了。

「我也很害怕。」

「你這樣說，我會更害怕啊。」

「對不起，說的也是啊。」

但這是我的真心話。

今後，沒有晴夏的世界太無趣了。雖然稍微能融入身邊的人了，但我不知道，我能不能走上大多數人走的道路。

但是，我肯定會再喜歡上其他人。但那和對晴夏的感情不同，應該是友情、或是親愛之情之類的感情。

像這樣喜歡上某個人時，我果然會因此受傷。

但是，受傷的同時，我也感到喜悅。因為每次受傷，我都能想起晴夏。
如果給我重要之物的妳能展露笑容，我也願意說謊。
「我會一直和妳在一起喔，一直到妳厭倦為止，都在妳身邊。」

終章

打開蓋子，黃褐色的眼睛等不及地看著我。

「別急啦。」

喵喵大口大口吃起海苔。

明明已經是老貓的年齡了，喜歡的東西還是沒變。不過，牠吃飯速度確實變慢，食量也比以前小，最近睡覺的時間也變長了。

「你也老了耶。」

「嗚喵！」

「……沒變啦。」

這種時光，還能再過多久呢？

和喜歡的人共度的時光，絕對會迎接結束。

如果可以，我希望對方能活得比我久，但是不管我怎麼祈求，也可能無法實現。

不打擾喵喵吃飯，我的手輕輕貼在牠背上，掌心傳來溫暖。

「你要長命百歲喔。」

正在吃飯的喵喵沒有回話，但牠的尾巴稍微動了一下。

喵喵一直待在我身邊，不管什麼時候都和我在一起。

我知道，送走喜歡的人有多痛苦。

我知道有無聲無光，完全黑暗的世界。

即使如此，黑夜不會永不結束。

口袋中的手機響起。拿出一看，是告訴我已經到約定地點的內容。

「什麼啊，明明還有一小時耶。」

現在出家門，應該可以在當時約定的三十分鐘前抵達吧。

「哎呀，算了。」

確認浴室裡的窗戶關好了。

走到玄關時，吃完海苔的喵喵正在舔嘴巴。

「喵喵，別搗蛋啊，收拾的人可是我耶。」

喵喵沒有回答，但是緊緊盯著我看，似乎在說「路上小心」。

「我會買禮物回來啦。」

「喵～～」

在喵喵搖著尾巴目送下，我打開大門。

太陽光照射在我身上。

耀眼光線讓我瞇起眼，我走出家門。

國家圖書館出版品預行編目資料

看得見謊言的我，愛上了不說謊的妳 / 櫻井美奈 著；林于楟 譯.-- 初版.-- 臺北市：平裝本.
2019.11 面；公分.--（平裝本叢書；第495種）
（@小說；59）
譯自：嘘が見える僕は、素直な君に恋をした
ISBN 978-986-98350-0-8（平裝）

861.57　　108017031

平裝本叢書第495種
@小說 059

看得見謊言的我，愛上了不說謊的妳

嘘が見える僕は、素直な君に恋をした

作　　者—櫻井美奈
譯　　者—林于楟
發 行 人—平　雲
出版發行—平裝本出版有限公司
台北市敦化北路120巷50號
電話◎02-27168888
郵撥帳號◎18999606號
皇冠出版社（香港）有限公司
香港銅鑼灣道180號百樂商業中心
19字樓1903室
電話◎2529-1778　傳真◎2527-0904
總 編 輯—許婷婷
美術設計—王瓊瑤
著作完成日期—2017年
初版一刷日期—2019年11月
初版三刷日期—2024年4月
法律顧問—王惠光律師

讀者服務傳真專線◎02-27150507
電腦編號◎435059
ISBN◎978-986-98350-0-8
Printed in Taiwan
本書定價◎新台幣280元／港幣93元